全民微阅读系列

邂　逅

陈慧君　著

百花洲文艺出版社
BAIHUAZHOU LITERATURE AND ART PRESS

图书在版编目（CIP）数据

邂逅/陈慧君著 . — 南昌：百花洲文艺出版社，
2019.10
　ISBN 978-7-5500-3378-8

　Ⅰ . ①邂⋯ Ⅱ . ①陈⋯ Ⅲ . ①小小说—小说集—中国
—当代 Ⅳ . ① I247.82

中国版本图书馆 CIP 数据核字（2019）第 203100 号

邂逅

XIE HOU

陈慧君 著

总 策 划	伍　英
策划编辑	飞　鸟
责任编辑	刘　云
封面设计	辰麦通太设计部
出版发行	百花洲文艺出版社
社　　址	南昌市红谷滩新区世贸路 898 号博能中心 A 座 20 楼
邮政编码	330038
经　　销	全国新华书店
印　　刷	永清县晔盛亚胶印有限公司
开　　本	710mm×1000mm　1/16
印　　张	14
版　　次	2020 年 9 月第 1 版　2020 年 9 月第 1 次印刷
字　　数	227 千字
书　　号	ISBN 978-7-5500-3378-8
定　　价	58.00 元

赣版权登字 05-2019-233

邮购联系 0791-86895108
网址 http://www.bhzwy.com
图书若有印装错误，影响阅读，可向承印厂联系调换。

文化自信从读写开始

杨晓敏

近年来，随着互联网技术的不断推广升级，现代信息技术已充斥各行各业。微博、微信、微小说、微电影等，各类"微"产品，以网络阅读、手机阅读、电子器阅读、光盘阅读的形式，进入大众视野，但这种碎片化、快餐式的电子阅读，仅仅可以作为传统阅读的一种有效补充与辅助，却不能完全代替传统阅读。

我国经济建设的腾飞，带动并刺激着文化事业的极大进步，而文化软实力的增长，又为经济跨越式发展，提供着强势的智力资本的支持。正是这种强有力的智力资本支持，慢慢建立起我们的民族文化自信。

学习的基本途径就是阅读。一个人的阅读力量，决定个人学习的力量、思考的力量、实践的力量；所有人的阅读力量，决定一个民族文化的力量、精神的力量、创新的力量。伟大的中华民族复兴之梦，要靠全国人民共同来缔造实现。提高全民素质，提升全民文化自信，繁荣民族文化，从阅读开始。

为了提高全民素质，建设书香社会，政府正采取一系列有效举措，营造阅读环境，倡导全民阅读。譬如开展读书日、读书月活动，一些省市地区通过整合全民阅读资源，打造了一批有广泛影响力的全民阅读"书香"品牌，还有些地区成立"农民书屋"，送书下乡，让书香墨香飘进寻常百姓家。

作为近三十年才成长起来的一种新文体，小小说的质朴与单纯，简洁与明朗，加上理性思维与艺术趣味的有机融合，及其本色和感知得到、触摸得着的亲和力，散发出让青少年产生浓郁兴趣的魅力。小小说是一种新文体的再造，那些优秀的小小说作品，是智慧的浓缩和凝聚，是一种机巧的提炼和展开，小小说是训练作家的最好学校。小小说贴近生活，紧扣时代脉搏。大千世界，瞬息万变，小小说能以艺术的形式，不断迅速地反映生活热点，传导社会信息，是开启社会生活的一扇窗口。小小说可以培养青少年的想象力，让他们展开飞翔的翅膀。近些年来，大量小小说编入高考作文，入选各类优秀阅读丛书，正为越来越多的年轻读者所喜爱，显示出它强大而茁壮的生命力。

北京辰麦通太图书有限公司提供的"全民微阅读系列"图书，至今已编辑出版200多册。它以全力助推全民阅读为宗旨，以务实求精的编选作风，为读者精心遴选了大批风格各异的小小说佳作，引领读者步入美好的阅读丛林。

北京辰麦通太图书有限公司有着具有超前市场运作意识的优秀团队，在图书制作过程中，不但追求内容的丰富多彩，在装帧设计方面，也力求超凡脱俗。在众多"中国梦"新时代文学丛书系列中，它像一朵充满朝气与活力的奇葩，正逐步形成自己恒久的品牌和名牌效应，为提升全民文化自信、实现中华民族伟大复兴，增砖加瓦。

杨晓敏，河南省获嘉县人，生于1956年11月。河南省作家协会副主席、河南省小小说学会会长。曾在青藏高原服役14年。曾任《小小说选刊》《百花园》主编20余年，编刊千余期，著述7部，编纂图书近400卷。

人情练达写华章（序）

纪富强

　　年末岁尾，正忙得不可开交，忽然接到文友陈慧君的电话，说要我为他正在整理的小小说集写篇评论。然而当我忙完琐事，打开笔记本坐在床头的台灯下时，却一下就被陈慧君的文字吸引了。非但是吸引，而且很惊讶。我惊讶于陈慧君已经不知不觉写了这么多篇小小说，惊讶于他的小小说曾几何时竟写得如此之好！

　　我这样说完全出于我个人的感受。我和慧君初识于2003年，那年我应县委宣传部之邀参与组织"沂蒙山杯"文学征文大赛。征文启事在报纸和网络上发出后，受到各方文友的热情支持，来稿量非常壮观。但评委最后为十几篇佳作评奖时，产生了争议：有一篇征文写得非常精妙，但篇幅实在太短，题材又是一篇小小说，另外作者既无职务又无名气。将这样的稿件评为一等奖，在当时很多类似的比赛中其实是需要很大魄力的。有幸的是，倡导那次征文的都是一些纯正善良的文人，所以颁奖那天，我如愿以偿地见到了那个戴着眼镜文质彬彬的年轻人，他就是靠一篇小小说夺得那次征文大赛第一名的陈慧君。

　　和慧君共同生活在一个小县城里，又同样爱写小小说，所以相识后我一直默默关注着他和他的创作。我希望我们能够并肩作战，我希望我们能常见面多切磋。但无奈的是，慧君一直在偏远乡镇工作，少有见面的机会，即使偶尔见面我也终于发现，其实慧君骨子里是那种非常内敛的人，人情世事全都练达通彻，但他不一定会说出来，更不一定会那样做。于是我意识到，这是一个很有自己想法的人，这样的人一旦认准某件事情，一定会做得很优秀。于是，我们同样并肩作战，同样交流切磋，只不过这一切都是靠默契来完成的。比如从此我在哪种报刊上一旦看到慧君的名字，总会情不自禁地将那篇文章读完，读完了心里头还要再三品味。偶尔通个电话，说的也都是彼此互相鼓励的话。就我观察，慧君的小说长期带有他个人的独到的气质：数量不多，但精敛别致。

直到如今读到慧君整理的集子我才发现，其实慧君的作品已经不少了。从2003年发表处女作开始，他已经发表了近百篇小小说。而且这些小小说总体上质量均衡，扎实稳健，各有特色，耐人寻味。下面，不妨对他的小小说创作简单说点自己的观感和印象：

首先，陈慧君的语言功底扎实，所写篇章均着墨不多，大都开门见山，人物饱满，故事生动，主旨鲜明。他很少用华丽铺排的语言，从不刻意营造和追求氛围，描写常常近乎平铺直叙，故事一上来就直插要害，却没有写成流水账，相反效果振聋发聩并直抵人心。这充分说明了他心态的成熟和文笔的老练。例如，描写生活百态的那部分小小说《办公室》《讲个故事给你听》《夫妻店》等等，笔如刻刀，刀刀遒劲，信手拈花便已峰回路转，众生百态随之波跌澜宕，足可见其文笔功夫。其次，陈慧君的小小说选材巧妙，这也是写作小小说的一项重要技能，他的小小说几乎统统来源于身边的所见所闻所感所想，既来源于生活又高于生活，取之于粗鄙，但升华为高洁，而且下笔角度大都相当刁钻。这些珍贵的素材都是他长年基层工作生活的总结，是他常年默默的厚积薄发。于是他的小小说故事都非常精彩，人物对话风趣鲜活，动作细节栩栩如生，譬如《糖葫芦元》《栾曰春》《抽烟的老吴》《喧人钟》等描写乡村人物的篇什，动作、对话、故事统统像冒着腾腾热气的刚出笼的馒头，没有切实的生活体验是断断写不出来的，让人读之如烹小鲜、咂茴豆，似曾相识且赏心悦目又喜不自禁。再次，陈慧君的小小说结构别致，细节逼真，小小说本身的字数限制要求它必须要在尺寸之间兴风作浪，螺蛳壳里做道场，所以欧·亨利的笔法常常能起到柳暗花明的奇异效果，读慧君的作品感觉他已能很熟练地使用这种手法了，如《继母的生日》《天上有个太阳》《儿子的要求》等篇目，开篇不慌不急设局，结尾猛力抖腕，无不让人恍然大悟或哑然失笑。慧君的功夫就在于让读者轻易猜不出故事的结局，让读者始终饱含着阅读期待。不过除此之外，陈慧君的小小说并不完全依赖于结尾处抖包袱，他的很多篇章，如《桌子上有个洞》《不会的请举手》《同学啊，同学》等，在行文过程中已经把闪亮的细节和五味杂陈的情绪融入到了字里行间，让人读后感慨蓬生，如沐甘霖，遐思不已，让人禁不住佩服这些故事和细节他怎么能这样展示呢？他怎么能展示得这么成功呢？例如《抽烟的老吴》中写了一个抠门的烟鬼，烟鬼有个招牌动作，"见着吸烟的人，伸出中指和食指，作'V'字状，不明白的人以为祝别人成功，实不知这个动作是跟别人要烟吸。时间久了，只要老吴再作'V'字状，人们就开玩笑道：'老吴又练二指禅了！'人们开着玩笑，仍扔给老吴一支烟。也有找乐的，也伸出中指和食指作'V'字状，冲老吴示威，每当这时，老吴就从口袋里拿出一个空烟盒在空中一摇，示意：没烟了。然而细心的人不一会儿就会发现，老吴从口袋里抽出一支烟，自个点上了。看来，老吴的口袋里每时每刻都装着一个空烟盒准备着！"……窥一斑，而见全豹。我觉得，这些通篇流光溢彩的篇什才是他小说中的精华，也是我个人最喜欢的部分。

下面，着重说一说慧君小小说的文本意义。慧君的小小说就内容来说，大体走的是两条路线。一条是世态人情，一条是生活百态。写后者的占了绝大部分，写前者的篇数不多。先说生活百态题材的小小说，它们集中阐述和揭示了底层生活中规则和潜规则的冲撞与矛盾，综合体现了作者对诸类潜规则的洞察与拒绝。例如《校长设宴》中，主人公到乡下小学办事，不得不在学校就餐。校长设了个宴席，请大家吃个便饭，表面上让人感受到了校长的小气，然而经过深入的交流，却发现校长根本不小气，反而觉得他很伟大……这些故事看似夸张，有较强烈的戏剧效果，但是静心思索，这就是正在我们身边层出不穷的事实！在当下中国乡镇这一层，自古以来便鱼龙混杂，生旦净末，无奇不有，它有着最混乱的建构，最复杂的牵连，当然更有着最丰富的营养和最生猛的品味。陈慧君常年浸润其中，感同身受，表面默默无言，并不代表内心随波逐流，他用敏感的心和勤奋的笔，日积月累集腋成裘，将无奈、悲愤、嘲讽和褒奖、赞扬、感动——煎熬成文字的老汤，让其弥漫着正义和不屈的知识分子精神，散发出迷人的奇异的芬芳。

陈慧君描写世态人情的小小说虽然少，但我觉得篇篇都很精彩。或许正是因为这样的题材太难找了，所以产量自然不会高到哪里去。它们笔调平淡，以亲情和世情为主，不夸大，不粉饰，不抱怨，不愤恨，不激动，心态冷静得像一把手术刀，于不急不缓中徐徐剖解的却是至情至理至爱。如《谁能让我忘记》，从一处微小细节描写父爱的隐忍和伟大；《不会的请举手》，从一位受益终生的恩师那里，作者传承了感动与温暖；《继母的生日》，笔调平淡，但真爱凸显，从两家儿女为继母过生日阴差阳错这件小事写起，却将一段令人纠结心酸的亲情写得熠熠生辉；《没娘的孩子》，全文只有约1700字，没有刻意的描画，没有杂沓的铺陈，没有煽情的渲染，但是我读后眼泪竟夺眶而出，一个多么幼稚可怜的没娘的孩子！《老崔抓贼》里，老崔一心想抓住偷梨的贼，狠狠教训一番，不料终于把贼孩儿三胖子堵在树上了，三胖子也正吓得手脚哆嗦时，老崔却动了恻隐之心，说道："你摘了梨可要洗洗吃啊！"一句话，小说韵味出来了，高度升华了……

通读慧君的小小说，让我感觉他正在一步步走向成熟，走向更大的成功。许是慧君一贯的为人低调吧，依靠这些作品其实他完全可以获得比现在多得多的荣誉和名气，但慧君的可贵之处就在于他一直没有把荣誉和名气看得太贵重，将写作姿态放得很低，端得很正。这其实是一种非常了不得的心态。当然，就慧君的作品来言也是有缺点的，比如有的篇章或许因为下笔太急，感觉比较粗糙，内容也显得空洞，有凑数之嫌；还有的虽在写作形式上进行了一定探索，如《我在马路边，捡到一分钱》《司马光为什么砸缸》《求学一日》等，但是浅尝辄止，形式和故事都不新颖，因此显得有些浅陋。

总之，读完慧君的小小说作品，我心中充满了欣喜、感动和感慨。我有种预感，慧君现在的某些作品在将来哪天一定还会引起新的热论，因为好作品的生命力是永恒的。我希望并坚信：慧君一定能继续保持良好的心态和状态，将创作之路越走越顺。

纪富强，中国公安作家协会会员、山东省作家协会会员、鲁迅文学院高研班学员。曾在国内多家报刊开设小说及随笔专栏。迄今出版小小说集《乡村凉拌》《假装你爱我》《如风的旋律》《爱恨同眠》《战功》等多部，出版中短篇小说集《逃马》、长篇小说《致命嫌疑》等。有作品入选中学生课外阅读教材、高考模拟试卷，或被翻译成日文、英文，入藏中国现代文学馆及入选多种权威选本。曾获国家冰心儿童图书奖、第五届全国侦探推理小说大赛最佳新人奖、第六届全国侦探推理小说大赛长篇小说二等奖、新世纪微型小说征文大赛一等奖、《小小说选刊》全国佳作奖、《百花园》优秀原创小说奖、齐鲁金盾文学短篇小说奖、齐鲁金盾文化工程长篇小说一等奖等。

目 录

第一辑　青春无悔

　　青春时代是一个短暂的美梦，当你醒来时，这梦早已消失得无影无踪了。

　　在人世间，再也没有比青春更可贵的东西了，然而青春也最容易消逝。最可贵的东西却不甚为人们所爱惜，最易消逝的东西却在促使它的消逝。谁能保持永远的青春，便是伟大的人。

　　青春充满着力量，充满着期待、志愿，青春充满求知和斗争的志向，青春充满着希望和信心。

　　是爱还是恨，每一个选择都意味着不同的人生轨道。快乐就好，每个人都是这样想着，拉开浓重夜幕的朝阳，一言不发地注视着这一切。

　　的确，我们是主角，也同样是这个剧本里的小丑，一起进入这短暂而美妙的世界吧！

谁能让我忘记

　　中国有句古话：子不嫌母丑。但是，偏偏我们见过了太多的子嫌母丑的景象，而本文中的"我"，更是子嫌父残。如果不是那次小小的车祸，如果不是一次大雨，我与父亲在学校50米外僻静处的见面什么时候才会结束？"我"什么时候才会同意在同学面前承认这个少了一条腿的丑陋男人就是"我"的父亲？

　　这是发生在一九九八年的故事，情节也许老套，或许陈旧，但我永远也不能忘记，也无法忘记。

　　那一天，是父亲给我送饭的日子，也是进入高三以来的第一个星期天。

　　早上一醒来，就发现天气有点糟，六点二十分了，天还灰蒙蒙的。起初还听到下雨的声音，但是一爬起来，才知道听错了，所谓"雨声"，其实是宿舍内宋希望的小电风扇发出的。大概是我对今天下雨太敏感了吧。自从进入夏天以来，我就怕星期天下雨，因为一下雨，父亲就不能按时来给我送饭，一拖时间，我就不得不在校园大门口附近转悠。

　　父亲长得很普通，年轻时在村里的煤矿掏煤时，矿井塌陷，一条腿留在了矿井。那时的煤矿只报销了医药费，是没有额外补偿的。就因为这样，父亲一直没有找上对象，直到三十五岁那年，才经族里人撮合，找了一房疯女人，同年便怀上了我。村里的人都说父亲的命苦，母亲生我时，难产，生下我就去了另一个世界。唯一让父亲欣慰的是，留下了我，一个可以继续"烧香火"的人。父亲把希望都寄托在了我的身上，全力以赴供我上学，希望我因此而"出人头地"。小学初中是在村里上的，少了父亲送饭的烦恼。高中就不同了，

离家 40 里地。父亲专门买了一辆用双手驾驶的人力车，目的是为了给我送饭。我怕同学们笑父亲是瘸子，就跟父亲约定，在离学校门口 50 米的稍稍僻静处等我。

不知怎的，老天好像故意在捉弄我，偏在送饭的时间下起了大雨。中午下课铃一响，我就第一个跑出去，可是"老地方"并没有父亲的身影，于是我不得不撑着伞转悠。转悠中开始思索父亲没按时来的原因，可能是大雨阻挡住了父亲前行的路，可能是在路上误了时，也可能是没有及时做好饭，毕竟父亲做饭的手艺不怎么样，等等。我不敢再往下想，因为还有许多想起来更为可怕的原因……

直到下午上课，父亲都没有出现。下午放学后，我还是在那里转悠，我怕父亲这时候来。可是等了一下午，父亲仍没有来。

第二天中午，父亲送饭来了。这次不像以前，父亲只带了一个书包，没有蛇皮袋——装饭的重要工具。父亲一见到我，就开始数落我，说我的衣服脏，也不洗一洗，头发这么乱也不梳。数落过后，我问父亲几时来的，父亲告诉我，八点钟开始走的，十一点到的校。唉，我可怜的父亲，竟在这里等了一个多小时。

父亲说着摊开书包，开始向我介绍包中的东西，煎饼是刚从小摊上买的，共30 个，够吃三天的，还有蒜和鸡蛋，苹果是今天到果园里摘的。稍后，父亲拿出一件背心和一条裤衩，说你轮换着穿，要勤洗内衣。因为鸡蛋是臭鸡蛋，我怕同学闻不了味，没有要。说着父亲掏出钱包，给我钱，一拿就是 20 元，让我买点饭和菜，我再三推辞，还是收下了。

就在我正要离去的时候，发现人力车前轮的辐条是崭新的。父亲也意识到了什么，下意识地将左手往身后藏。父亲的左臂鼓鼓的。在我的再三追问下，父亲才说出实情：原来昨天雨中被一辆疾驶的轿车挂了一下，伤了左臂，一蛇皮袋饭被随后驶来的货车压碎了，而轿车又逃逸了……

眼里的泪水再也控制不住，一下子涌了出来，我努力地想让眼泪往心里流，可我控制不住。父亲是多么无私，多么宽厚，父亲真是用心良苦啊，而我却为了可怜的虚荣心，拒父亲于千里之外。我拉着父亲向宿舍走，我要让同学们都知道，我有一位伟大的父亲。就在快要到门口的时候，父亲停下来不走了，深情地说："林子，你的心我知道了，我没有白供养你，我还是不进去了，你好好学习，等考上了大学，我就满足了……"父亲已成了个泪人。

这时宋希望从此走过，好像并没有发现我们。我大声叫道："希望，帮我把父亲接到宿舍，让父亲吃了中饭再走……"

不会的请举手

　　上过学的人都知道，老师会通过提问来了解学生的学习情况。老师一般会说：会的请举手。而文中的数学老师说的却是：不会的请举手。为什么会这样呢？

　　上课，老师会提问，通过提问，可以了解学生的学习情况。老师最后一句往往是：会的请举手。而教我数学的齐老师最后一句是：不会的请举手。

　　齐老师不同于其他老师，完全是因为我的缘故。

　　我是一个性格孤僻、不善言谈的坏学生。从小失去母爱，造成了我性格上的孤僻，我的学习成绩又不好，所以在一般老师的眼里，我是一个坏学生。

　　而齐老师不同，在他的眼里，没有好学生坏学生之分。他有一句名言：没有差学生，只有差老师。齐老师改变了我的一生。

　　那是一堂几何课，老师在黑板上出了一道题目，然后让我们做，那道题很难，可是很笨的我却做出来了。老师在教室里转了几圈后，对同学们说，会的请举手。整个教室里只举起了3只手，而这3只手中并没有我的。我的脸很红，我的头低得很低。

　　本来，我是想举手的，可我转念一想，我怕做不对，同学们会耻笑我。我差一点就把手举起来了。

　　齐老师又追问了一句："还有没有会做的？"

　　我在做激烈的思想斗争，举还是不举……

　　孤僻的我最终没有把手举起来。

　　齐老师说："手放下，请同学们再思考一下。"

过了一会儿，齐老师说："不会的请举手。"

唰，唰，唰，教室里举起了许许多多只手，而这许许多多只手中，没有我的，没有举手的人成了4个。我的脸很红，我的头低得很低。

齐老师说："手放下，陈慧君，请你到黑板上把题做出来。"

我怯怯地站起来，朝讲台上走，紧张的我被讲台沿绊了一个趔趄，但同学们没有一个笑的。突然，我的心里产生了一个念头，因为我会做这道题，大家才不会笑我。刹那间，我的信心骤增，勇气骤增。

结果，我很圆满地做出了那道题。齐老师表扬了我。

在以后的很长一段时间里，每当齐老师提问，他总是说："不会的请举手。"从此，我到黑板上做题的次数多了起来，当然表扬也多了起来。

为了更好地接受齐老师的表扬，我学习更加用心了，更加刻苦了，学习成绩也直线上升。

不知过了多久，齐老师出了一道题目后，问："会的请举手。"

我毫不犹豫地举起了手，在我举起手的那一刻，我看到齐老师笑了。

后来，走上了教师岗位的我，每当提问的时候，我也会说："不会的请举手。"

脑筋急转弯

树上有 10 只鸟，猎人叔叔用枪"砰"的一声打下一只，问树上还有几只鸟？——这是一个老掉牙的脑筋急转弯了，可是小崔的儿子小明——一个脑筋急转弯神童——却有了新解。

单位小崔风趣幽默，平时交谈爱与人抬杠，讲反话，钻牛角尖，特别喜欢脑筋急转弯方面的智力题。他时不时出个脑筋急转弯，弄得哥几个苦思冥想，猜个十次八次，全都不着边。

可能是"有其父必有其子"吧，小崔的儿子小明在小崔的指导下，对脑筋急转弯也情有独钟，才上幼儿园，对脑筋急转弯的造诣已很深了。每次来单位，我们给他出的脑筋急转弯，他都能准确回答；反之，他给我们出的脑筋急转弯，我们都答不上来，尴尬极了。

星期六上午，小明来到单位，给大伙出了个脑筋急转弯，说：树上有 10 只鸟，猎人叔叔用枪"砰"的一声打下一只，问树上还有几只鸟？

我们一听乐了，此乃老掉牙的脑筋急转弯了，个个争先恐后地回答：树上一只鸟也没有了。

小明一脸不屑地说：不对。

哥几个傻眼了，纷纷辩解说：枪一响，其他鸟儿不是都吓飞了吗？

小明不紧不慢地说：有无数只鸟儿。

哥几个不解地问：为什么？

小明仍不紧不慢地说：因为，其他树上的鸟儿都过来看看这棵树上的鸟儿是怎么死的。

哥几个傻眼了，现如今的风气就是这样，人们的好奇心特强：有人落水了，立马围上一群围观之人；出交通事故了，驻足观望的把马路堵得水泄不通……

小崔坐在椅子上，跷着腿，看着儿子的表演，得意地摇着脑袋。

又过了几天，小明又来到单位，我们找了一本最新出版的脑筋急转弯，考验小明，几轮"刁难"过后，没一个能难住小明。小明又给我们出了一个脑筋急转弯，说：树上有10只鸟，猎人叔叔用枪"砰"的一声打下一只，问树上还有几只鸟？

哥几个这回谨慎了，开了个会，研究一番后，一致同意由我作代表回答，我胸有成竹地上前答道：这要分两种情况，一是树上有无数只鸟儿，别的树上的鸟儿都飞过来看热闹；二是树上没有一只鸟，剩余的小鸟都给吓跑了。这回我十拿九稳，等待小明的最后"判决"。

小明眼都没抬一下，说：不对。

哥几个又傻眼了。小崔脸上洋溢着自豪……

小明解释道：你们也不想想，树上应该还有一只鸟，这只鸟是被打下小鸟的妈妈，妈妈能看到儿子的死不管吗，能飞走吗？

我们想了想也是，母亲有时真的就这样傻。大家纷纷称赞小明聪明，确实得了小崔的真传，对脑筋急转弯确实有一套，大家一致同意称小明为"神童"。

一年后，小崔哭丧着脸道：我儿子可把我的脸给丢净喽！

"小明不是神童吗，怎么了？"哥几个关切地问。

"儿子在幼儿园因为脑筋急转弯出尽了风头，常以独特的思维博得老师及小朋友的喝彩，可是，一进一年级，我儿子成狗熊了，作业和成绩奇差，简简单单的问题他却弄得很复杂，常常写不出正确答案。昨天家长会，老师跟我说小明要留级了。"

哥几个听了，都沉默了……

天上有个太阳

一位学习很差的学生周强因为上级来检查被送到了锅炉房，那里阴暗、潮湿、简陋，可以说是暗无天日。藏匿得这么好还是被检查人员发现了，接着就有了翻天覆地的变化，他最终也享受到了阳光的温暖。

那个冬天的早晨，天上的太阳被乌云遮着，我的心情很不好。

上课之前，班主任让我收拾书本，带着桌子椅子到学校后面的锅炉房做作业。

这是我第5次来到锅炉房了。这里阴暗、潮湿、简陋。老师安排妥当，给我布置了许多作业，并嘱咐我，不来叫我，我就别出来。

十岁的我已懂得羞愧，每次都很难过，每次都发誓一定要努力学习，可这誓，几乎每到这个时候才发，却从未实行过。要不我也不会被学校当作"另类"排除。

正当我做作业累了，揉眼睛的时候，锅炉房的门开了，一位西装革履，戴金边眼镜的中年人走了进来。

"小朋友，你怎么在这里学习，为何不到教室去学习？"他问。

"我不是这个学校的。"我哆哆嗦嗦地回答。这，老师早就交代好了的，如果被检查的发现了，就说不是这个学校的。

那人又问："那，你是哪个学校的？怎么穿着这个学校的校服？"

我没法回答了，因为这个老师没有交代过，我的脸红到了脖子根。

他可能意识到了什么，问："你叫什么名字？哪个村的？"

"我叫周强，艾山村的。"我老实答道。

随后，他和我聊了起来，慢慢地我们熟了起来。他说他不是来检查的，让我不要害怕。他这样一说，我就不紧张了，遂一五一十地把我知道的都告诉了他。

现在学校里的检查很多，主要采取抽查的方式，即随便从教室里抽一个学生，让这个学生答题，成绩与学校老师教学质量、学校升级达标挂钩。我的学习成绩在全班 50 多人里倒数第一。老师怕万一抽到了我，拖了学校的后腿，遂让我暂时躲在这里，等检查的走了，我才能回教室。

"你的父亲母亲知道老师把你关在锅炉房吗？"他问。

"有一次，妈妈来学校给我送衣服，在教室里没有找到我，以为我逃课，狠狠地揍了我。最后，我忍不住告诉了妈妈。妈妈非常生气，找学校的领导理论，并扬言要告学校。"

"你妈妈告学校了吗？"他迫不及待地问。

"没有，妈妈觉得很羞愧，也很无奈，学校也有难处啊，学校成绩不好就达不了标，就招不到学生，好老师也不愿意来，学校这样做也是为了学生好啊。"

最后他拍着我的肩膀，语重心长地说："周强，以后要好好学习，为你和你妈妈争口气，这种状况今后不会再有了！"

果然，我再也没有进过锅炉房。天上的太阳热情洋溢，温暖着学校里的每一个学生。

再后来，考上了大学的我，才知道，跟我在锅炉房促膝长谈的是县教体局的一位领导，他是接到举报后，在抽查时，借故上厕所，偷偷来到锅炉房调查的。通过与我的交谈，教体局领导认真反思了抽查的利弊，并决定取消这一督导检查评估方式。

而举报这件事的人就是我的母亲。当年，母亲被教体局聘为教育行风义务监督员。

我在马路边，捡到一分钱

　　"我在马路边，捡到一分钱，把它交到警察叔叔手里边。叔叔拿到钱，对我把头点。我高兴地说了声：叔叔再见！"这首儿歌大家耳熟能详，可是经过岁月的洗礼后，在马路边真捡到了一分钱，会是什么情景呢？

　　一上课，我拿起粉笔在三年级一班的黑板上写下了这首老歌：

　　"我在马路边，捡到一分钱，把它交到警察叔叔手里边。叔叔拿到钱，对我把头点。我高兴地说了声：叔叔再见！"

　　"同学们，今天这堂课是'展开想象的翅膀'。请同学们根据自身的经历和想象，假如你在马路边，捡到一分钱……"

　　批改作业时，发现都有这样一些答案：

　　我在马路边，捡到一分钱，把它交到警察叔叔手里边。警察叔叔正忙着指挥交通，急得大喊："去去去！这是谁家的孩子到处乱跑？妨碍我疏导交通！你家大人哪去了？"

　　我在马路边，捡到一分钱，把它交到警察叔叔手里边。叔叔拿着钱，表情异样地说："孩子，你有病啊！"

　　我在马路边，捡到一分钱，把它交到警察叔叔手里边。叔叔接过钱，对我把头点，并对我说了声："以后多捡点！再见！"

　　我在马路边，捡到一分钱，把它交到警察叔叔手里边。叔叔拿着钱，正着看了看，反着又看了看，高兴地说："这一分钱很有收藏价值，谢谢啊！"

　　我在马路边，捡到一分钱，把它交到警察叔叔手里边。我模仿周星驰无厘头样说："偷抢不行，捡总可以吧？！"

我在马路边，捡到一分钱，本想把它交到警察叔叔手里边，但我一想，物价涨得没样了，一分钱谁还要啊！

我在马路边，捡到一分钱，把它交到警察叔叔手里边。叔叔看看我，对我骂道："小毛孩，给我一分钱干什么？当我是乞丐啊，爱上哪玩上哪玩去！"

我在马路边，捡到一分钱，把它交到站在路边的警察叔叔手里边。可我把钱举了半天，警察叔叔却无动于衷，仔细一看，原来警察叔叔是雕塑的假警察。

我在马路边，捡到一分钱，把它交到警察叔叔手里边。叔叔对我不理不睬，说："好了，你可以走了。"说完就把钱扔向了路边。

我在马路边，捡到一分钱，把它交到警察叔叔手里边。叔叔感叹道："超市再举行一分钱购物时，可以用它来买东西了。"

我在马路边，捡到一分钱，把它交到警察叔叔手里边。可大街上哪有警察叔叔啊，警察叔叔都躲在屋里看电子眼监控录像呢。

……

答案可谓五花八门，也让人哭笑不得，但是没有一个是让人满意的。

第二天上课，我拿出一分钱，放在讲台上，让每一位同学都仔细观察一下这分钱。

我问："一分钱上面都有些什么？"

"中华人民共和国，国徽。"同学们争着回答。

"国徽，是国家主权和尊严的象征，今后，不管你走到哪里，走上什么岗位，一定要想尽一切办法维护中华人民共和国的国徽形象，维护国家的主权和尊严！"我庄重地说。

校长设宴

　　社会上一直有个传言：老师大都小气。这不到乡下小学办事，不得不在学校就餐。校长设了个宴席，请大家吃个便饭，真真切切让人感受到了校长的小气。然而经过深入地交流，却没有人嫌校长小气，反而觉得他很伟大。

　　偶然的机会，和几个同事到乡下小学办事，一上午是办不完的，要拖到下午才能完成，不得不在学校就餐。校长很热情，非要请大家吃个便饭。在场面上混，大伙心里都明白，所谓"便饭"，只是谦虚一下而已，哪有真吃便饭的，都是生猛海鲜地吃。

　　来到食堂，大家按资历分主宾落座后，服务小姐上来沏茶倒水。说是服务小姐，其实是不合适的，这位起码有40岁年纪，姿色尚可，穿戴倒也整洁朴素，暂且称她为小姑吧。

　　喝茶之际，小姑端上一盘包子，校长说，大家饿了，先吃个包子垫一下肚子！我心里暗忖，老师考虑问题就是周到，知道大家真的饿了，再说也不能空腹饮酒，空腹饮酒是要伤胃的。校长吃着包子半开玩笑地说道，学校资金紧张，怕招待不起大家，先吃个包子撑一下肚子，好给学校省点。大伙心想，校长真是逗，竟如此谦虚，他们几个嘴上都说好好好，不知是说省钱好，还是等会儿喝酒不空腹好。看来死活是要学校破费一下了。

　　上菜了，先是炒土豆丝后是炒茄子，一共上来6个小菜，全是素菜。我心里直纳闷，这里上菜怎么尽是小菜，也不上个鸡啊鱼啊什么的，真是不明白，看来，老师真是小气，真的斤斤计较。我刚才的好印象也顿时烟消云散。

校长对作陪的教务主任说，去拿酒来，今天领导来了，要破例喝点酒的。不一会儿教务主任拿来的竟是一塑料桶散酒，大伙一看傻眼了，这酒不仅味苦辣，而且很容易上头。校长亲自接过酒来，挨个倒上。我看出来，他们几个都不想喝，但又不能说不喝，毕竟他们都是天天在酒里泡着的虫子。轮到我时，我捂住杯子说，我不喝白酒，喝点啤酒吧。在一般场合我都是这样做的。谁料校长却说，不行，一律喝白酒！喝啤酒学校可供应不起，一个人能喝个十瓶八瓶的，那还了得！如此看来，老师不仅小气，还很不要脸面，竟说得这样直露。人家都这样说了，我只好说，我喝点白开水吧。校长说啥也不同意，硬是给我倒了满满一杯散酒。

倒上酒以后，校长开始提酒，校长文采和口才极好，每喝一杯都说上一大堆祝酒词，说得大伙不喝都不行。酒过三巡，大伙都被劣质酒醉得差不多了。酒喝多了，话匣子自然也就打开了，大伙天南地北地扯，扯到后来，我才知道，我和校长是校友，于是又多喝了两杯校友酒。校长在酒的作用下，摇头晃脑、吞吞吐吐地说起了他的身世。他是1984年进的校，干教师20多年了，当年是自己放弃在城市工作，而主动要求来到乡下支教的。为此，他的女朋友也离他而去……

校长说得很动情，大伙也都被他的故事感染了，就不去嫌弃他的吝啬了，索性痛痛快快地喝了个天昏地暗。就在杯来盏往的兴头上，那位小姑趁倒水之际，对校长一个劲地使眼色，意思是不要再喝了。校长对她喝道，臭娘们，少管男爷们的事！小姑悻悻而去。大伙都感到纳闷，校长怎么对一个服务人员这样说话。教务主任忙说，刚才这位是校长的爱人，以前赋闲在家，在大伙的再三要求下，才来到学校食堂工作，一个月累死累活的，校长才批给她150元钱，唉，校长也真是的，就不能多给点？！校长说，给她多了，家庭困难的学生怎么办？给她多了，能留住年轻的教师吗？

这下我的酒醒得差不多了，平时自己在酒场上一顿饭就能吃上校长爱人两三个月的工资啊！一开始我还对校长的小气、计较耿耿于怀呢，与校长相比，我是多么渺小和卑鄙。

此后，我又跟学校打了多次交道，但再也没有在学校吃过饭，这也算是对校长的一种支持，也算是对教育的一种支持吧！

司马光为什么砸缸

老师给学生讲《司马光砸缸》的故事，想引导学生夸司马光聪明、机智或者勇敢，并鼓励学生学习这种精神。可是没想到被脑洞大开的学生说得五花八门，无奈老师也只能顺水推舟了。

一上课，我讲了《司马光砸缸》的故事，然后让学生思考，这个故事对他们有什么启发。教案上要求学生答出司马光聪明、机智或者勇敢之类的，并引导学生学习这种精神。

我不是一位循规蹈矩死板的老师，不想把课讲得那么古板，我问学生，司马光为什么砸缸？司马光砸缸的动机是什么？

第一个学生的回答让我哭笑不得。

他说："司马光砸缸救人是发扬雷锋精神，奋不顾身，助人为乐呢！"

我晕！雷锋是什么年代的人，司马光是什么年代的人。无奈，我把雷锋与司马光所处的历史年代，从头到尾讲了一遍。

第二个学生站起来问："老师，掉入缸中的是位男士还是位女士？"

我说："这个问题不重要，是男是女都一样。"

那个学生说："很重要的，如果是女士，司马光就是英雄救美。接下来，司马光要跟被救的女子发生一段罗曼蒂克的爱情……"

"停。"这位学生长大了可以当作家，我不想让他发挥下去。

第三个同学说："掉入缸中的孩子家里很有钱，他在缸中大喊'谁救我，我给钱'，他从1吊钱开始往上喊，等他喊到8吊钱时，司马光拿起石头砸了缸。"

这位学生社会阅历很丰富，知道救人是有偿的，不怪他，谁叫我们身边就有这样的事呢！

第四个学生回答："这是司马光一手设下的陷阱，缸为什么没有盖子，若有盖子，小孩是不会掉下去的。这是司马光先偷偷地拿掉了盖子，并骗小孩上去的。"

第五个学生马上回答："这个小孩的父母是大官，司马光想巴结讨好孩子的父母，好让司马光的父亲得到提拔。"不用问这位学生的父亲是个官。

另一名学生马上否定道："不是这样的，司马光是想拿见义勇为奖金。"市场经济嘛，见利忘义的大有人在。

宣传委员说："砸缸只不过是个下意识的本能，这只不过是一件小事，却扬名后世，这都是被舆论媒体炒热的，是扭曲了夸大的典型。"不错，宣传委员不愧是记者的儿子，继承了父亲的精神。

卫生委员说："其实司马光砸缸很笨，说不定那缸很贵，是个古董呢！再说用石头砸缸，砸伤了孩子怎么办？说不定孩子淹不死就让司马光给砸死了。换了是我，就拿条绳子给他，让他抓住绳子爬上来！"

学习委员说："司马光是为了完成老师布置的作业任务，想做一件好事，才将站在缸沿上的小朋友推到水缸里，再冒充好人，救他出来，人也救了，名也出了，利也收了。一箭三雕啊！"

体育委员说："其实司马光根本不是去救小孩的，他和小朋友们踢足球，不小心把足球踢进缸里了。一个小朋友爬上去拿，掉进缸里了，司马光砸缸拿出掉在缸里的足球，顺便把孩子给救了。"

"……"

我总结说："好，大家根据自己的生活，发挥想象力，讲的不一定自圆其说，但敢想就迈出了一大步。我想告诉大家，生活中的危险无处不在，学会预防与自救，才是我们应该掌握的本领。"

失窃事件

　　414寝室周梅刚买的一件羊毛衫放在宿舍的床头上不见了……
周梅、王芹、李娟、朱红四个女孩子关系微妙……最后真相大白，
四人都接受了生活的教育……

　　周梅刚买的一件羊毛衫放在宿舍的床头上不见了，这绝不亚于平地一声惊雷，414寝室的气氛顿时紧张起来。

　　414室在同仁中学宿舍楼四楼，里面住着周梅、王芹、李娟、朱红四个女孩子，每人都配有一把钥匙。倘若没有飞檐走壁的"高手"，或手持万能钥匙的人，那么小偷定是四人中的一人。

　　滋味最不好受的当属王芹了，因为羊毛衫不见的那天，她是第一个回到宿舍的，王芹不安了一阵子。

　　不久，王芹的真丝白围巾不翼而飞。大家对连续发生的失窃事件做着各种各样的猜测，而王芹却松了一口气，大家不会再怀疑她偷了羊毛衫了，毕竟她也是受害人。真丝白围巾再贵她也不心疼。

　　现在轮到李娟不好受了，李娟反复考虑这件事：414室就只有我和朱红没有丢东西了，朱红家庭条件好，父母都是干部，家里什么也不缺，朱红是不会去偷羊毛衫和白围巾的。李娟觉得自己是再合适不过的"嫌疑犯"了，李娟感到很郁闷。

　　于是李娟在一天早晨郑重地宣布她的真皮棉鞋失踪了。事实上李娟早已将棉鞋悄悄地带回家了。为了证明真实性，李娟一直穿着单鞋，即使挨冻，她也高兴。

　　这下朱红成了414室唯一没丢过东西的人。朱红不明白，为什么室友接二连三地失窃，唯独自己秋毫无损？好像贼在故意捉弄她。

朱红急切地希望自己赶快丢点什么东西。她故意地将一些贵重的东西放在床上，希望贼再次光顾414室时能顺手牵羊地带走，以了却自己的一桩心事。

可是一个多月过去了，朱红什么也没丢，同学们在谈到414室失窃事件时，总会加上这么一句："只有朱红什么也没丢！"朱红听后，委屈得想大哭一场。

终于有一天，朱红回到宿舍，发现自己的派克钢笔不见了，她在合适的时机向室友宣布了这一让她激动的好消息。

然而好景不长，有同学在操场上捡到了朱红的派克钢笔，朱红空欢喜一场。

又一天，四人在打扫宿舍卫生的时候，朱红在床底下找到了王芹的白围巾。

随着王芹的白围巾失而复得，李娟深深地责备自己，既然朱红和王芹都没有丢东西，何必自己"设计失窃"呢？这样做是不是太卑鄙了？于是李娟在一番翻箱倒柜之后，"找"到了棉鞋。

但周梅的羊毛衫一直没有踪影。她相信她的记忆力，她是把羊毛衫放在床头上离开的。

"其实，你们的东西也并不见得没丢，小偷既然能偷走，就不能送回来吗？"周梅一语惊人。

刚刚松弛下来的心又被提了起来，姐妹们寝食不安。如果说一开始丢东西大家彷徨的话，那么现在就是恐惧了，人心竟然如此叵测！

当周梅恶语攻击人的时候，周梅的母亲来了，她从包里拿出一件羊毛衫数落周梅："你这孩子，把羊毛衫忘在家里，也不回家取……"

414寝室里的失窃事件至此结束，又恢复了往日的平静，但平静中少了往日的和谐与轻松。生活真会教育人啊！

儿子"走穴"

天下做父母的，都望子成龙，望女成凤。这不孩子才上幼儿园，家长们就操上心了，可怜天下父母心啊。

下午去幼儿园接儿子陈政良。孩子老师让我给孩子准备白色毛衣、黑色裤子和舞蹈鞋，陈政良要在元旦时表演节目。

我听了，心里非常高兴，但毕竟他才三岁，是个毛孩子，上幼儿园才两个月，心里存有疑虑，就问老师："他能行吗？"老师说："别看政良小，才来几天，却很聪明，跳舞唱歌有模有样呢。"

回到家，仍有些担心，于是把政良叫到身边哄他："你表演节目，表演好了，爸爸妈妈给你买新衣服，到时我还给你买好吃的，你表演一下让爸爸看看。"一听说有新衣服和好吃的，儿子拉开架势，又唱又跳，一板一眼地表演起来。说实话，还真像那么回事。

既然政良表现良好，我和妻子不敢怠慢，立即到商场购买演出服饰。我们对孩子要有信心，不能打击了他的信心和积极性。穿上了新衣服的政良更像那么回事了。

晚上我问睡不着觉的政良，你是怎么练节目的，陈政良说，谁演得好，老师就给谁发东西吃。原来如此，这是驯兽员训练动物的惯用伎俩，现在用在孩子身上也很有效。我接着问，都发什么东西啊，儿子说，有桔子、香蕉、饼干，还有那样的，显然儿子不认得是什么东西。"好吃，"儿子补充道，"爸爸，过一天，你给我买去！好！"

对孩子来说，有句话说得好，"别人家的东西最好吃"。小时候，我何尝不是这样的，在街上见别人嘴里动，就追上去，叫一声："给我点吃！"当然得先叫人家一声叔叔大爷阿姨，以示尊重，谁能跟小孩子一般见识。人家给了，量小不能多吃，只吃几口，当然很香。我相信儿子也是存在这种情况的。假如我给儿子买许多"奖品"，儿子是不会吃出香来的。毕竟如今这里边还有荣誉和自豪。于是我又顺着儿子的思路，对他承诺："到时，你表演好了，我给你买好多好多老师发的东西！"儿子听后，高兴地点头答应，随后甜甜地睡着了。

元旦前一天，去接政良回家，老师把我叫到一边说："明天早上演节目，到时都来看，你们可要躲得远远的，别让你儿子看见。"我点头答应。老师想得真周到。我想儿子站在台上，看到台下的父母，就找到了靠山，就会撒娇，反而会影响他的发挥。

第二天早上妻子要我跟他一块去看节目，我说："我不去了，我去了，让儿子看见的机会要大些。"正好上午还有点事，妻子就独自去了。

下午儿子回来了，身上穿着新衣服，脸上化了妆，看上去很美。儿子手里拿着他妈妈给他买的"奖品"——牛奶糖。我一把把他抱起来，抱到镜子面前，让他看看自己的形象。少顷，我问："你表演怎么样？"他嘴里吃着奶糖，低声地说："不好。"

妻子拿出用手机录的短片。我看到台上一个孩子看到妈妈后，又哭又闹，就是不上场了。看来老师还是有先见之明的。可是短片里并没有儿子的正面，只有背影。问妻子方知，看节目的家长太多，前面挤不进去，再者在前面怕儿子看见。

短片里，起初儿子站在那里，一动不动，我真为儿子捏把汗。当然8位小朋友，只有后排4位小朋友在表演，他们年龄看上去要大些，前边的4位小朋友，都未动。老师走过来，亲自做起了示范，儿子开始动起来了，而且演得很好，一直演到节目结束。我觉得很好啊。儿子说的不好，可能说的就是一开始未动吧。儿子也因表现良好，得到了一盒彩笔。

儿子的第一次"走穴"就这样告一段落，当然今后还有更多次"走穴"，我相信有了这次经历，下一次肯定能上一个新的台阶。我拭目以待。

同学啊，同学

　　遥想当年，我们在校园里相遇、相识、相知，我们互帮、互助、互爱、互勉共进；我们一起学习，一起漫步校园林荫道，一起看日出日落，一起嬉笑打闹，一起分吃一份饭；那时的我们天真无邪，纯真烂漫，是多么无忧无虑！可是当同学步入社会，经过社会的打磨，同学情谊又是怎样的呢？

　　到肥城出差，碰上了同学马文。

　　马文是我大学时的同学。上大学时，我是那种埋头苦读的学生，与马文交往不深，大学四年说过的话能数得过来。

　　马文很热情，非要一块吃顿饭，尽尽地主之谊。几杯酒下肚，话也多了起来。同学相见，话题自然离不开同学。谁谁在什么单位，谁谁是什么级别，谁谁开着什么车，谁谁找了个什么对象，等等。我和马文也不例外。

　　马文说："听说麻恒波做网络发了家，存款超过了6位数。"麻恒波在学校时，生意头脑很活，刚进校时他卖日用品，后来又卖电话卡，还兼做家教，不管什么只要赚钱的活他都干。他做网络发了财我一点也不意外。我问马文："你见过他吗？"马文说："见过。我一听说这消息，专门到澧城去找他，你知道，那段时间我正缺钱，正想找他资助一点，毕竟在学校我们关系不一般。"

　　马文呷了一口酒，说："没到澧城时，他说欢迎我来，到了澧城给他打电话他说他忙，抽不开身。经过再三催促，他才约了我，约到一处偏僻的酒店，酒店很简陋，你知道他点的什么菜？"

　　我问："什么。"

"土豆丝、炒花生、豆腐皮、豆芽菜。我一看菜就知道借钱是不可能的了，简单地吃了饭，我就回来了"马文赌气地说。

"高波不是也在澧城吗，你没去找他？"我问马文。

"没有，毕业时高波没回原籍，留在了澧城，跳了几次槽，没赚到钱。后来同学杨德华说他在上海做了老板，让高波去帮他。高波风尘仆仆地赶过去，结果进了传销窝。杨德华也是这样卷进去的。高波给我打过电话，我识破了他的处境，没有上当。后来高波找到机会逃了出来，他跟我道歉，说他那样做也是迫不得已。"马文说。

这时我想到了同学李五，在校时，我和李五整天黏在一起，比亲兄弟还亲。后来毕业各奔东西，各忙各的。突然一天收到李五的信，说他出了车祸，急需钱，让我给他汇五千元过去。虽然当时我也很拮据，但是还是东借西凑准备了五千元。在去汇钱的路上，碰上了老乡周正。周正说李五得了白血病，借周正一万元钱，我感觉不对劲，遂缓了几天汇钱。事实上，李五给所有的同学都写了信，名目繁多，但目的只有一个，给他汇钱。

马文说："昔日亲兄弟摇身一变成了骗子了。前段时间我装修房子，同学陈套在推销洁具。陈套转了一圈拍着胸脯说，洁具都不错，不用换，我送你一面镜子。在校我俩是同桌，再者一面镜子也值不了几个钱，因此我就没买镜子。家都搬进去好几个月了，而陈套却没送镜子来。妻子让我去买一面。我说人家肯定会送的，同学的情谊还不值一面镜子？买了就浪费了。下班后去了陈套的洁具店，陈套跟没事人一样。我说我来拿镜子，陈套脸红了，说他的镜子太贵，忙跑到别人的洁具店要买一面。我一看这样，忙自己支了钱。那事我在妻子面前丢了大脸。"

这时，我又想起同学王朝。那是一次职称考试，出考场的时候，我发现了他。时间已接近正午，不吃顿饭说不过去，于是把他拉到饭店叙旧。他在工厂上班，很辛苦，工资也很低。我说这顿饭我请了。王朝说，你们党政干部公款吃喝很厉害。我苦笑了一下，不过我是真心实意要请他的。我去结账，王朝没一点谦让或感激的样子，好像是我结账是应该的，弄得我心里很不好受。

这时，我觉得谈这个话题有些尴尬，马文也意识到了，忙说："这次我请你。"我推辞道："算了，还是我请你吧，我回去能报销。"

"我是地主，不让我请，就是瞧不起我。"马文信誓旦旦。我没再说什么，

算是默认了。

　　吃完饭，马文却醉得趴在桌子上睡着了。我去洗手间顺便埋了单。服务生问要不要开发票，我摇了摇头。走出饭店，马文照我胸膛重重地捶了一拳，说："什么意思，在我的地盘上埋单，瞧不起兄弟？下次可不能这样了，啊？"

儿子的要求

　　老师通过孩子向家长要东西。家长在化妆品公司工作的，老师跟他要化妆品；家长是包工头的，老师跟她要水泥；家长在玩具厂上班，老师跟她要玩具；家长是服装厂的，老师跟他要布……那么家长是纪委书记呢？

　　下午下班回家，屁股还没坐稳，儿子小毛跑到我身边就开始给我捶背。我知道儿子又有什么事要求我了。

　　果然，儿子说："老师跟我要一块布，老师要做条新裤子。"

　　我压住自己的火气，平静地问："老师怎么跟你说的？"

　　儿子说："今天下午老师把我叫到一边，说我的裤子旧了，回去跟你爸说，给我弄块布！"

　　"老师跟别的同学要东西了吗？"我问。

　　"刘晓友的爸爸是经理，老师跟他要购物卡；王成峰的妈妈在化妆品公司工作，老师跟他要化妆品；周云的爸爸是包工头，老师跟她要水泥；吴娟娟的妈妈在玩具厂上班，老师的儿子玩的玩具都是吴娟娟妈妈提供的……老师知道你在服装厂上班，才跟我要布。"儿子怯怯地说。

　　我就纳闷，老师是怎么了解得这么清楚的。

　　儿子说："开学的时候，老师让我们每一名学生都写一份自我介绍，其中一项内容就是父母的职业和职务。"

　　原来如此，受过高等教育的老师可真是聪明。

　　我找到妻子，跟妻子商量怎么办。

别看我在服装厂工作，可我手里没有一块布，一个月就是那点死工资。妻子下岗多年，一直赋闲在家，父亲又长年卧病在床，家里不宽裕。

妻子寻思了半天，说："还是挤出点钱，给老师买一块好布吧，别的孩子都按老师说的做了，只有咱的孩子不办，怕老师会难为咱的孩子小毛呢。"

"不给，现在的老师太不像话了，工资高高的，是我工资的3倍多，还跟孩子要这要那，还什么'红烛''园丁'呢。呸！"我愤愤地说。

这时，小毛跑过来，大声嚷嚷："你不弄块布，我哪有脸见老师啊，别说老师要，别的家长还时不时给老师送东西呢，你叫我在学校咋混啊。"你看连孩子都成这样了，我扬起手照儿子的头就是一巴掌，儿子"呜呜"哭了起来。

说起送东西，我是有耳闻的。当班干部要送东西，调座位要送东西，参加演出要送东西，发放奖状要送东西……烦死了。其实也怨不得孩子，社会风气就摆在那儿。

看看小毛哭得那可怜样，我的心软了，还是忍了吧，去买块布吧，人在屋檐下，不得不低头啊，谁叫咱的孩子让人家教育呢。

在商场买布时，碰见了老同学文远，我将此事告诉了他。文远一拍大腿说，这不老师向孩子要皮鞋呢，虽说我在鞋厂工作，可那皮鞋不是咱的啊，咱自己穿鞋还自己买呢，这不，只好来买一双了。

看来，老师不仅要了裤子、皮鞋，肯定还有上衣、腰带，甚至还有袜子、内裤呢！

买好布，就顺便来到老师的住处，门却怎么也敲不开了，一打听才知道老师出事了。

原来，老师跟李晓明要MP4时，只知李晓明的爸爸在县委做官，却不知李晓明的爸爸已调到纪委工作了。李晓明的爸爸又是个两袖清风很正派的好干部，一听说此事就安排教体局纪委介入调查了，一调查，老师就现了原形，现在正停职接受处理呢。

求学一日

　　小时候写作文，写着写着就写成了流水账……《求学一日》就是以流水账的形式写了上学时的一天，看着看着你就会想起上学的日子，读着读着你就不会觉得这是流水账。

　　5：10 睁开蒙眬的睡眼，看到室友们大都开始穿衣服了，我也伸了个懒腰，打了个呵欠，匆匆穿上衣服。早晨六楼没有水，端出昨晚从一楼接的水，洗脸刷牙。

　　5：25 一路小跑来到操场，同学们已站好了整齐的队伍。我迅速插入队伍，这时体育委员开始点名。

　　5：30 点完名，开始围着操场跑步，跑两圈走一圈，共跑六圈走三圈。跑完步，全身的骨骼都活动开了，睡意消失得无影无踪。

　　6：00 就在跑完最后一圈的一刹那，同学们拿起餐杯就向食堂跑。学校坐落在山坡上，高低不平，要走 80 个台阶才能到达食堂。我到食堂时，窗口前早已排起了长龙，为了节省时间，我让同桌刘子旺打稀饭，我买油条。

　　6：20 吃完早餐，回到宿舍整理内务，标准要达到军训时的要求，被子叠成有角有棱的"豆腐块"，床单整齐地掖到褥子下，毛巾也要叠成小方块，连同肥皂一起放进脸盆，脸盆要放到床底下。

　　6：40 早自习，语文老师来了读课文，英语老师来了背英语单词，政治老师来了背政治，历史老师来了背历史。总之，哪位老师来了读哪位老师的课文。

　　7：30 休息，读、背了一早晨，头整个都大了，"嗡嗡"地响，口也干舌也燥。

　　7：40 第一节课，数学。老师在讲台上讲了半天，然后点名让四位同学到黑板上做题，我有幸被点到。做完题，老师现场讲解，还好我做得很正确，得到了

老师的表扬。

8：35语文课。语文老师都在讲课前，先讲《史记》或《左传》等古籍中的一段古文，然后学习《茅屋为秋风所破歌》。老师在讲台上口若悬河，滔滔不绝，可我在下面是一头雾水，混混沌沌，心里巴不得快点下课。

9：25课间操。做的是第八套广播体操，同学们都懒洋洋的，胳膊伸不直，腿也踢不起来。

9：50英语课。一上课，老师就让大家拿出"阅读理解"题库来讲解第127道题，这是惯例，为提高英语阅读能力，每天做一道题。我没来得及做，只好先填上答案，等以后来补做吧，鬼才知道什么时候有时间呢。然后开始读单词讲课文，都是老师说一句，我们说一句，跟鹦鹉学舌差不多。

10：45历史课。我最喜欢历史了，栩栩如生的历史故事，棱角分明的历史人物，我如痴如醉，不知不觉就到了下课时间。

11：30中午放学。我和刘子旺又拿起餐杯向食堂奔。这次我买菜他买饭。食堂没有凳子，只好站着吃，老师说，这样吃法有助于消化。

12：30学生会来检查午休来了，所有在外洗衣服的、玩耍的，一下子全躺在了床上，如果被逮住要扣班级的分的。

13：30午休铃响，洗刷，整理内务，同早晨。

14：00第六节课，政治课。政治老师是一个幽默感很强的人，他的课，同学们都爱听，没有一个打瞌睡的，在嘻嘻哈哈中就能增长知识。如果所有的老师都像他，那该多好啊！

14：55体育课，在进行了简单的热身后，我们男生分成了两个组踢开了足球对抗赛，女同学大都在看台上当观众。结果我们组5∶0大胜对方。我上演帽子戏法，独中三元，可在女同学面前风光了一次！

15：55班会课，无非是班主任又通报通报，谁谁内务不整齐扣班级的分了，哪个卫生区不干净被扣分了，谁在宿舍吃饭被学生会抓住了等违纪现象，然后强调一下纪律，鼓励大家为争创"流动红旗"而奋斗，反正都是老生常谈。我偷偷地掏出金庸大侠的《射雕英雄传》津津有味地读了起来。

16：50晚饭时间，同中午。

17：40吃完饭，早早回到宿舍，从床底下掏出攒了一个多月的脏衣服，一件一件地洗了起来，要是妈妈在身边就用不着我操心了，真想妈妈！

18：20 第一节晚自习。做白天老师布置的作业。老师布置的作业又多又难。现在，社会上喊着要减轻小学生的负担，我看到了该减轻高中生负担的时候了。

19：20 第二节晚自习。预习第二天的课程。

20：20 第三节晚自习，拿出日记本，开始写日记。这是我多年的生活习惯，每天都要坚持写一篇日记，雷打而不动。

21：10 放学。转眼间，教室已是人去屋空。回到宿舍，到一楼接上水，放到床下，准备第二天早晨用。

21：40 睡觉铃响，熄灯睡觉，忙了一天，真累啊！

五　奎

五奎的家乡盛产花生，可是年年丰收，却年年不见钱。五奎做了国土所所长后，准备为家乡人大干一场，恰逢招商引资，要建花生油加工厂，他为了保护土地把好事给搅黄了……

五奎家乡盛产花生。

村里地多，而且都是砂地，适宜花生生长。分地的时候，村支书拿起一块石头，用力一扔，石头落地处就是界线，这一片地就是你的了。然后来到石头旁，捡起石头再扔，这一片地还是你家的，家家户户地多得种不完。

五奎小时候整天跟着父母在地里种花生，一种就是几天。到了收花生的时候，五奎就跟父母在山上长住了，拔花生，晒干，堆成堆，然后用木棒捶，最后用簸箕簸出花生米，再到油坊榨花生油。可是年年丰收，却年年不见钱。

五奎看着父母愁白了头，暗暗发誓长大了一定要开一个大厂子，收花生，榨花生油，让老百姓富起来。可是五奎长大后并没有开成厂子，而是成了跟土地打交道的国土所所长。

前几天，乡长把五奎叫到他的办公室，跟他说："乡里从上海引来了一只金凤凰，一位有钱的老板，他要在这里建一座花生油加工厂。你一定要帮他们办好厂子占地的手续，为他们服务好。"五奎拍着胸脯说："这是一件天大的好事，乡长你放心就是，我一定不会让你失望。"接着五奎与老板跑了半个月，就办好了用地手续。老板对五奎的高效率非常欣赏，高兴地说："以后厂子建成了，你家的花生我开高价收购。"五奎说："你不能光给我家开高价，应该给全乡的老百姓都开高价才行。"老板拍着五奎的肩膀笑了。

动工那天，老板请了位神婆，要烧烧香纸的。可是那神婆却劝老板不要在这里建厂，说这里风水不好，建厂不过三年就会倒闭，应该到河对岸建厂。老板本来不信这个，可她这么一说，就有点慌。老板找到五奎，问能不能到河对岸建厂，反正就按批准的面积建。五奎说："你批的厂子位置在这里，不能挪动，只要一挪动就违了法，而且，河对面是肥沃的土地，是基本农田，基本农田是一根红线，碰不得。要想在那里建厂可以，得让我们的总理点头才行的。"

老板找到乡长，威胁乡长说："我要在河对岸建，你们的五奎所长死活不让建，实在不行，我就不在这里投资建厂了。"乡长说："你先建，我给你协调。"老板在建设的时候，被五奎发现了，立刻让老板停了工。乡长生气地找来五奎，说："你不能破坏了招商引资项目，那样，全乡人民都不会答应的，你再阻止，我就找你们领导，撸你的乌纱帽。再说只要你闭只眼，没人会知道，这穷乡僻壤的地方建了一个厂子。"五奎说："现在的执法都是用'天眼'的，不管在什么地方，都逃不过卫星的眼睛。再者，我们的辖区出了违法用地，要追究你我的责任的。"乡长听完，火冒三丈，愤愤地说："现在轮不着你教训我！"说完拂袖而去。

乡长不听解释，老板又强行建厂，五奎只好将此事报告了局里领导。领导领人拆除了正在兴建的厂子，而且罚了款。这样五奎就成了"名人"，老百姓都知道五奎拆了花生油加工厂，是五奎不让大家致富。老板也被五奎气走了。

当天晚上，五奎的爹来到五奎家，骂了五奎个狗血喷头，说："你这样做对不起乡亲，对不起老祖宗，建花生油加工厂对大伙来说是大好事啊。"五奎说："我也知道建花生油加工厂是好事，但好事不能在我眼皮下办成坏事，基本农田不能少一分，只有这样才能对得起子孙后代。"五奎的爹也拿五奎没办法。

这事过后不几天，五奎就申请了带薪假。休假归来，五奎从北京领回了他的一位同学，他的同学要建花生油加工厂，而且就建在原先批好的那块土地上。乡长羞愧地说："还是五奎做得对，有眼光，有魄力！"

现在，这座花生油加工厂生意非常红火，生产的花生油成了家喻户晓的花生油品牌，卖向了大江南北。五奎再次成了"名人"，这事一时在乡里成了茶余饭后的美谈……

招聘事件

　　一个招聘，象牙塔里的陈翰林，一路过关斩将，眼看岗位正向他招手。可是招聘公司却阴差阳错把他漏掉了。他没有接到录用通知，一时想不开就跳楼了……

　　一家外资企业要招聘几名高级财务管理人员，因为该企业不仅规模大，效益好，而且年薪很高，待遇丰厚，竞争异常激烈。招聘现场，汇集了前来应聘的各路精英，个个摩拳擦掌，跃跃欲试。

　　我从学校挑选了两名非常优秀的财会专业毕业生，推荐前往应聘。其中陈翰林是我的得意门生，非常有希望摘取桂冠。

　　当时报名的人数上百，坐满了该企业的会议大厅。笔试就在这里举行。试卷一发下，陈翰林就眼前一亮，发现试卷上的题目全是大学教程中的基本理论知识。这无疑给陈翰林开了盏绿灯。陈翰林提起笔如关羽操弄手中的青龙偃月刀，过关斩将，轻易闯过一道道问题的关卡。

　　笔试成绩公布，陈翰林名列榜首。

　　接下来进入残酷的面试。面试中陈翰林沉着、冷静、从容，对答如流。负责面试的主考官对陈翰林的表现非常满意。

　　陈翰林很自信地告诉我，他进入这家企业的可能性很大，因为面试的主考官对他很赏识。

　　陈翰林很兴奋，当晚宴请包括我在内的许多老师和同学，以示庆贺。

　　然而，不几天，学校接到了公司的录用通知，上面有前往应聘的另一名学生，却没有陈翰林。

　　得到讯息的陈翰林，潸然泪下，半天无语。悲痛欲绝地陈翰林当晚跳楼自绝。陈翰林是学院第 18 名跳楼自杀的大学生。

　　可是几天后，该公司的一名人力资源部主管来到学校，找到我，让我通知陈翰林前往他公司工作，主管说："陈翰林不仅在笔试中成绩遥遥领先，而且在面试中表现出来的口才、思路和魄力绝对是超一流的。可是我的工作人员却在招录中把陈翰林漏掉了。今天我才注意，麻烦你通知他，让他明天到公司上班，我不想失去这名不可多得的优秀人才。"

　　我摊开手无奈地说，陈翰林因为没有接到你们的录用通知，已经跳楼自杀了，如果你们早几天发现，陈翰林不会死。

　　主管先是惊讶，接着说："没想到，陈翰林的心理承受能力这么差，这点挫折都经受不起，唉。"

儿子啊儿子

孩子衣来伸手，饭来张口，车接车送，全天都在围着他转，这不是爱，而是一种伤害。

儿子生就一个大头，大脸庞，发际线很高，露出挺阔的额头，可谓天庭饱满。而身子稍胖，天生大啤酒肚，气宇轩昂，很像一位"大领导"。

妻子在商场里租了个门面卖服装，接受商场管理，时间很紧，没法接送他。我母亲已去世多年，父亲年过七旬，身体不好。岳父蹬三轮卖力气，一家人还靠他吃饭。岳母大字不识，上银行存取钱还得人陪，不小心就找不到回家的路。所以带孩子的任务就当仁不让地落到了我身上。

早晨，闹钟响了，妻就起床做早餐去了，我给儿子穿衣服。叫儿子起床，儿子懒洋洋的，稍有不顺便生气地大叫，我赶紧赔小心好言相劝。穿上衣服，儿子就去撒尿，撒完了，我得赶紧去冲马桶，省得有味。然后儿子再去洗脸。如果我不帮他，他就用一只手沾点水在脸上抹一圈，跟没洗一样。我看不下去，干脆就帮他洗，洗时不能超过三下，要不他又会大哭大叫，洗完脸赶紧挂上毛巾。最后，还得赶紧找出护肤霜，趁湿给他抹一下。

这时早饭已做好，妻一样一样地端到儿子面前，又好言相劝，让他多吃一点饭。吃完饭，我赶紧提醒儿子戴上红领巾和学生证，红领巾他自己不会系，我得给他系上。我提着书包，儿子在前，我跟在后面。我打开车门，儿子笨拙地钻进车，我再关好车门。开车送到学校门口，我又小步跑着给儿子打开车门，帮他背上书包，手拉着手过马路送到接送点。

中午，我早早地跟领导请了假，去学校门口等着。接上儿子，中午时间紧，

急急火火地吃了饭，把他送到学校。下午放学，先是接过儿子的书包背在我身上，然后打开车门，儿子钻进车，拉他回家。晚上吃完饭还得辅导儿子写作业。你这边刚坐下，那边又喊，这题不会，赶紧起来辅导一番。刚回到电脑前，儿子又喊，老师让出题，又得搜肠刮肚按老师要求给他出题。这个更难，不能太难了，也不能简单了，得掌握好分寸。儿子做完作业，把作业交过来，让我签字，就这时感觉我像个"领导"了，掏出笔潇洒地签上我的大名。儿子随后又让我给他收拾书包。如果碰上儿子大便，那我就更倒霉了，还得时刻准备着给他擦屁股。睡觉前去洗漱，先给他倒好洗脚水，洗脚，再倒水挤牙膏刷牙。洗漱完毕，帮他脱衣服，睡觉，一天就这样忙忙碌碌地过去了。

就这样"流水账"似的流程，日复一日。忽一日，感觉儿子像个"坏领导"，这才发觉我们太溺爱孩子了，这样下去对他有百害而无一利，怎么能适应社会啊。古人云："虽曰爱之，其实害之。"得想方设法锻炼他的自理和独立能力。经过我一段时间刻意的冷漠与恰到好处的"武力"，儿子终于脱胎换骨了，改掉了坏毛病，终于"深入群众"了，再也不像"坏领导"了。

尹老师

尹老师教学时，是一位不修边幅、不拘小节、大大咧咧的老师，连校长的面子都不给，但因教学成绩好闻名。可是因为政策，学校濒临倒闭，尹老师考上了公务员，经过几年社会的磨炼，尹老师变成了另一个人……

石门中学是麻城县的一所私立学校，因升学率高闻名遐迩。周边几个城市里的人为了高考，都愿意把孩子往石门中学送。

我在市里的五中连着考了三年，都名落孙山。母亲托关系把我送进了石门中学。那里有许多名师，尹老师便是石门中学最为有名的一位。

上他第一节课时，我正襟危坐，收起以往的顽皮笑脸，等待尹老师的到来。

上课铃刚响，就有三个老师模样的人搬着椅子，陆续地坐在了课桌间的夹道里。这架势我明白，有老师来听课了。上过学的都知道，这样的听课，有监督和学习的意思。这时门口探进一个油光可鉴的偏头，鼻梁上架一副瓶底儿眼镜，穿一身笔挺的西服，白色的衬衣领子立得有板有眼，只是有些油渍黑，然而往下看，一双布鞋定格在脚上。他将腋窝下的教科书往讲台上一扔，说："上课！"班长一声"起立"，大家"呼"地全站起来了，当然坐在夹道的三位老师并没有起立。这时尹老师才发现有人要听他的课，露出一脸意外的表情，显然没有人通知他，他有点不高兴。他习惯性地一点头，班长说："坐下！"大家"呼"地又全坐下。他说："同学们，这节课上自习，请同学们预习一下新课文！"

三个听课的老师立刻显得很尴尬，走也不是，坐也不是，脸色由红变黑，最后成了铁青色。过了一会儿，陆续拖着椅子走了。椅子拖着地，似在怒吼，似在

抗议……

同桌指着一位头发半白的老师的背影说，他是校长。我听后对尹老师不给校长面子的行为，很惊讶，心底升起一股别样的敬意。过了一会儿，尹老师就给我们上起了课，这就是尹老师留给我的第一印象。

尹老师教语文，据说他造诣很深。有时他讲课不带课本，就带一张报纸，坐在讲台上给同学们读上边的文章；有时候就带一本作文书，抑扬顿挫地读书中的美文。他讲书本上的课文，一堂课不看书本一眼，他刚讲完，下课铃声就会准时响起……

他还兼任班主任，听说，他刚做老师时教高一，那时接手了全年级最差的一个班，但到高三第一次模拟考试时，成了全年级第一，高考发榜，一个班过一本线的四十多名，一时声名大噪。转年，再教高一时，他教的那个班，就人满为患了。许多有门子的家长就想方设法把自己的孩子交给尹老师带的三班。尹老师在接受满五十名学生后，不管谁再托关系，再不接纳一个学生，就连县长的孩子也不能例外。

学生最喜欢上他的班会课，在课上，学生眼睛都瞪得大大的，听他高谈阔论。他在台上唾沫横飞，台下学生听得两眼发光。有些学生反映某门课没掌握时，他就撸起袖子说："来，拿出课本，我给你们补课！"于是班会就成了"瘸腿"科的补习班。有的学生反映某老师讲课讲得乏味，实在听不下去，很多同学都在下边打瞌睡，尹老师就说："同学们，你们与其在课堂上打瞌睡，还不如找本书看，俗话说得好，'开卷有益'，看你喜欢看的书，只要不是黄书就可！"他又补充道："老师要是嫌你看杂书，你就说是我安排的，让他找我！"这一招虽然有点损，也有点糙，却很在理，与其浪费时间，不如看点书，或许有益。比起没听好课也睡不好却强了许多……我就是听了尹老师的教导，在化学课上看金庸的武侠小说的。

我读到高三上学期快结束的时候，突然听说尹老师要调走的消息，十分震惊。听说他考上了公务员，好像安排得还不错，分到了县委核心部门。尹老师走的那天，我们都哭成了泪人，他眼泪也哗哗的……后来才知道，这所私立学校因政策的冲击，运转已十分困难，老师的工资都拖欠了好几个月。我母亲听说后，专门找到尹老师说："尹老师你可把我们坑坏了，我是冲着你才把孩子千方百计地调进三班,结果你……其实我也是这样说说而已,还是你的前程重要……"尹老师说:"放心,有这半年多扎实的底子,您的孩子没问题的,三班的孩子都没问题的……"

后来我大学毕业后,也考上了公务员,在一个官方场合,碰到了已做了领导的尹老师。尹老师已换了模样,西服依然笔挺,衬衣却是光亮干净的,脚上穿着铮亮的黑皮鞋,头发蓬松仍向一边偏着,似乎早上刚刚洗过。交往间,尹老师早已没有了往日的"棱角",已变得十分圆滑。说起石门中学那段往事,大家唏嘘不已。在众目睽睽之下,我端起茶水,以水作酒敬我最敬仰、最感激的尹老师,尹老师是让我铭记一生的老师……

别打我

晚上十点多，从楼上传来一个女人的咆哮声："什么关系？啊？什么关系！说！到底什么关系？"我那颗八卦的心疯狂跳跃起来，于是趴到窗台上竖起耳朵认真地听着下文。女人继续气愤地喊道："互为相反数啊！"我大失所望，默默地关上了窗户。

晚上十点多，从楼上传来一个女人的咆哮声："什么关系？啊？什么关系！说！到底什么关系？"当时我正在给儿子检查作业，听到这样的咆哮，自然而然就想到，这是哪家人又闹矛盾了，两口子打架呢！

本应继续检查作业，但我那颗八卦的心疯狂跳跃起来，于是趴到窗台上竖起耳朵认真地听着下文，明天好跟同事们学舌。女人继续气愤地喊道："互为相反数啊！"我大失所望，默默地关上了窗户。

失望是没听到八卦的事，但也有兴奋点。兴奋点是原来和我同病相怜的人就在楼上，心里顿时平衡了许多。我打开阳台门，走出去，呼吸一下新鲜的空气，也放松一下苦涩的眼睛。放眼望去，那些亮着灯的窗子，十有八九也是同病相怜的人。

儿子今年刚刚升入初中，以前听同事讲过，初中作业多得要人命，虽然有了心理准备，但当作业真的铺天盖地而来时，还真是招架不住。

儿子回家后，简单吃点晚饭，就趴在书桌上奋笔疾书去了。等儿子一项一项地做完，时间已不早了，我赶紧给他检查，才发现作业并不是特别多，但有很多错误，数学五道题错了两题，还有一题没做。我的天，真想宰了他。我上学时学习成绩还是名列前茅的，自认为还能辅导了他，当我拿起作业一看却发现，有些题是上高中才学的，现在初中已学开了。在电脑和手机的帮助下，我开始给他讲解，我讲半天了，他还似懂非懂。有时脾气上来了，我抬手就打。打过之后，儿子眼中含着泪花，仍然不会，我看着也觉得打他不对，就给他"甜枣"吃，耐心再给他讲解一遍，这才勉强会做。有时候讲几遍还听不明白，就忍不住又打。

渐渐地，只要我一到他身边，他就吓一跳。坐他旁边，不经意地一抬手，他身子向一边一躲，口中念念有词："别打我，别打我！"弄得我怪不好意思的。这时才觉得动手打孩子这种教育方式是不妥当的。

作业一项一项地讲解完，他都明白了，全部签完名，一抬头已是深夜十一点钟了，赶紧简单洗漱睡觉。

第二天早上五点半，天还没亮，我们做好饭，叫儿子起床吃饭，看到儿子缩在被窝里睡得很香，都不忍心叫他起床了。儿子起来，简单吃几口，就去上学去了。

刚到办公室手机里传来阵阵蜂鸣，打开一看，老师在群里点评作业呢。谢天谢地，儿子没有被点名批评，心里这才稍稍有些许安慰，昨晚的夜没白熬，儿子的打没白挨。假如不是这样，儿子被点名批评，一天的坏心情就从这里开始……

座　位

　　有一袋烟功夫，彭经理说："你回去吧，好好想想有什么感觉，想明白了再来告诉我。"贾主任回去以后，想了三天三夜，也没想出个所以然来……

　　艾山赤裸裸的岩石下，有一条由南向北流淌的小河，唤作艾河，千百年来未曾断流，一直守着依河而立的艾山乡。

　　七九河开，八九雁来。三月的艾河开始解冻了。一股清新透亮的河水从冰凌下钻出来，溢出河面，冲刷着漫长冬夜沉积的污垢。

　　彭湃还未从新年的蒸笼中解脱出来的时候，一纸公文将他调入艾山建筑公司，走马上任，成了经理。

　　俗话说，铁打的衙门流水的官。新任领导都要走马换将，树立自己的威信，而首先要更换的就是办公室主任。这个位置特殊，是领导的参谋和助手。说他大，一人之下，万人之上，可以顶个副经理；说他小，任何一个领导的话他都得听。

　　办公室贾主任这几天心情很糟。累死累活的，却得不到彭湃经理的认可，彭湃整天板着脸，像别人欠他八吊钱似的。

　　贾主任知道"朝里有人好做官"，他朝里没人，能干上办公室主任，都是他凭着自己的才能，勤奋苦干，才勉强爬上来的。有关系的不超过三年就提拔了，而贾主任在主任位置上一干就是六年。六年来，文山会海，酒池肉林，把贾主任培养成了集高血压、高血脂、高血糖、酒精肝及高度近视于一身的驼背之人。

　　这天，贾主任站在公司大院，望着天边的火烧云，血一样凄艳地飘动。这时，彭经理一个电话把贾主任叫到了他的办公室。

贾主任站在彭经理办公桌前，弯着腰等待指示。彭经理正趴在桌子上练字，看也不看贾主任。彭经理写了满满一桌子纸。褒义说，行云流水，龙飞凤舞；贬义说，张牙舞爪，龇牙咧嘴。

有一袋烟功夫，彭经理站起来，坐到桌前的沙发上，他指着刚才坐过的椅子说："小贾，你坐。"

贾主任吓坏了，以为自己犯了什么错，连说："不敢，不敢……"

"叫你坐，你就坐。"彭经理有点发火。

贾主任还是不敢坐。他大脑飞快思索，这几天是不是有什么事没有请示彭经理，让彭经理生气了。可是，想了半天，没有。

"你是不服从安排，还是不想干了？"彭湃吼道，彭经理真的发火了。

贾主任三步并作两步，坐下了。

坐是坐下了，但浑身打哆嗦，额头上的汗珠也冒了出来。贾主任顾不上擦掉。他想，我这办公室主任别想再干了，肯定是先把我换掉了，彭经理好安排他的人。

有一袋烟功夫，彭经理问："坐在上面有什么感觉？"

贾主任心想，座位是权力的象征，象征着级别、地位、待遇和权威。坐在这上面，可以颐指气使，发号施令，可以运筹帷幄。但他不敢说。贾主任掂量了半天说："没什么感觉。"

"没感觉出来，拿笔签个文件，再试试。"彭经理说。

贾主任又犹豫起来，坐下就已经很过分了，再签文件那就是不知好歹了，遂迟迟未动笔。

"又不想干了是不？"彭经理语气逼人。

贾主任拿起笔，哆哆嗦嗦写了几个字。

"坐在上面有什么感觉？"彭经理咄咄逼人。

"……"贾主任大气不敢出。窗外，天上的火烧云越来越红了，就像大火烧红了天。

有一袋烟功夫，彭经理说："你回去吧，好好想想有什么感觉，想明白了再来告诉我。"

贾主任回去以后，想了三天三夜，也没想出个所以然来。万不得已，叩开了老领导的门。

贾主任哭着向老领导诉说了当时的情形，请老领导指点迷津。

老领导听后说："你回去给领导买一把高点的椅子。"

贾主任这才恍然大悟，老领导由于身材高大，专门定做了一把椅子，而彭经理身材短小，坐在矮椅子上肯定不舒服。

贾主任给领导更换好合适的椅子后，同时把自己的辞职报告放在了彭经理的桌子上……

1985 年的苹果

三十年后，陈皮和爱玲俩都还记得那个烂苹果的事。他俩为了让儿子均衡营养，想方设法催促着儿子吃一个苹果。这与那时相比，简直是天壤之别，不可同日而语。

1985 年，陈皮七岁。

当时物质还不丰富，小孩子能吃的零食只有糖果、饼干之类，偶尔来了卖冰棍的，回家拿个啤酒瓶子或是拿两个鸡蛋来换根冰棍吃就是奢望了，而且吃到嘴里的冰棍已化得很小了。

陈皮看到别人在路上吃个苹果，嘴里的口水就控制不住了，馋涎欲滴地跟着人家一路，等人家吃完了，才怏怏而去。

有时候路上人少的时候，陈皮趁人不注意，拾起人家扔的苹果核，猛啃两口，其味道之美无与伦比。最囧的是，正当浑然忘我时，被人看到了，然后很惊讶地盯着陈皮看……这糗事一直是陈皮童年怎么也摆脱不掉的噩梦。

村里洪全家院子里有棵苹果树，叫黄香蕉，学名叫金帅。陈皮的奶奶是村里的接生婆，给洪全家接生了孩子。洪全为表谢意，送来一提兜苹果。陈皮奶奶舍不得吃，把它放在笸子里，吊在房梁上，要细水长流。过很长一段时间，才拿一个下来，一直吃到第二年端午节。

有的苹果都烂掉了，陈皮看着"完好无损"的烂苹果，觉得怪可惜的。于是陈皮就长了心眼，再有苹果，就偷偷拿几个凳子摞起来，早早地就把苹果吃完了，保证没有坏掉的苹果。最后被大人发现了，也不责骂，反正都是要给陈皮吃的，早吃晚吃都是吃。

陈皮不但吃着筢子里的苹果，还惦记着大队里的苹果。

那时的果园还在大队里，个人家里没有苹果园。苹果成熟的时候，大人们都到果园里摘苹果，好的全部外卖，有虫的，有疤的，个儿小的苹果才有专人在村里零卖。那时饭都吃不饱，哪还有闲钱买苹果。所以实在想吃苹果的时候，陈皮就跟村里的"死党们"到大队的仓库边转悠，想办法偷点吃。

苹果放在大队的南屋里，南墙上有个窗户在院子外边，窗子是木格的。从木格里看到屋里一筐筐的苹果，极馋人。那时山坡上到处是棉槐，棉槐用来编苹果筐的，现在已很少见了。陈皮选粗壮且长的棉槐，多折几根，拿回家用刀削尖，再到大队仓库的南窗前。伸进去把筐盖捅开，插上苹果，小心地移到窗前，由于窗缝隙小，苹果根本拿不出来，再拿小刀把苹果割开，一半一半地拿出来，给伙伴们分享。那时能吃到香甜可口的小块苹果，已是天堂般的幸福了。但大多数时候，苹果拿不出来，掉在窗户里边，白白浪费了。

那一次，苹果刚刚入库，陈皮就知道了这一消息，准备用棉槐插苹果。这次插出来的苹果不是自己吃，而是送给班上的新朋友爱玲，好讨她个欢心。陈皮听说，过几天就是爱玲的生日，爱玲想在生日那天吃上一个苹果。

可是当陈皮来到大队仓库时，却发现管理仓库的人已亡羊补牢，把窗户直接用石头垒住了，堵住了这个漏洞。

陈皮突然发现窗子堵得并不严实，于是就开始抠石头，费了九牛二虎之力，终于掏出来了一个小口子。再费了九牛二虎之力掏出来一个伤痕累累的苹果。

到了爱玲生日那天，陈皮小心翼翼地把苹果送给爱玲时，却发现那个苹果已烂掉了……

三十年后，陈皮和爱玲俩都还记得那个烂苹果的事。如今他俩为了让儿子均衡营养，想方设法催促着儿子吃一个苹果。这与那时相比，简直是天壤之别，不可同日而语。闲暇时候，陈皮面对桌上又脆又甜的大苹果，不免发呆，三十年前有关苹果的往事，如今想来，仿佛是很遥远的一个温暖的梦境了。

小　易

　　小易写材料是一绝，搞讽刺小说创作也是一绝。小易身在公司，各种现象耳濡目染，耳熟能详，身边有许多素材，稍稍加工便是精彩的讽刺小说。但是他却迟迟不能升职。

　　大学毕业后，小易分到公司办公室当干事。

　　小易是公司的秀才，写得一手好文章，深得公司管理层的赏识。公司里的材料大都出自小易之手。小易写材料可以说是旁征博引，信手拈来，洋洋洒洒，庄重中透着生动，规范中透着灵活。大家对小易佩服得五体投地。

　　大凡在单位搞文字工作的，业余时间都喜欢舞文弄墨，小易也不例外。小易喜欢写小说，而且是写讽刺小说。小易深知在公司里搞讽刺小说创作，风险很大，如果让公司里的人看到了自己的讽刺小说，来个对号入座，那就吃不了兜着走了。因此小易多了个心眼，起了个笔名：鲁迅门下的走狗。

　　小易写材料是一绝，搞讽刺小说创作也是一绝，小易身在公司，各种现象耳濡目染，耳熟能详，身边有许多素材，稍稍加工便是精彩的讽刺小说。可以说，小易是一发而不可收。转眼，小易在小说界已是小有名气。俗话说得好，人怕出名猪怕壮。出了名的小易便露出了尾巴。一方面，同事们对小易的讽刺小说啧啧称赞，说小易的文章是一针见血、入木三分，很有鲁迅文风，夸得小易心里美滋滋的。另一方面，公司里的人真的来了个对号入座，闲暇就思考，某某文章写的是我，某某文章映射的是我，等等。

　　就这样，小易在人们的赞扬声中一直原地踏步，和自己一块儿参加工作的同事都谋了个一官半职，而小易仍是一名普普通通的写手，一名普普通通的办事员。

　　小易也知道问题出在讽刺小说上。小易也有放弃写讽刺小说的冲动，好好地干出一番事业来，但是他又经不住名与利的诱惑，再加上写讽刺小说的灵感又源源不断地涌来，小易欲罢不能。小易活得很矛盾，活得很痛苦。

　　妻子也深知是讽刺小说阻碍了小易仕途前进的步伐。妻子看在眼里，急在心上，不得已，就劝小易多写点回忆性的散文、抒情诗歌之类，就是写小说，写点讴歌正气的也好啊。妻子下了通牒，凡是小易写的文章都由她最后把关，只要涉及讽刺的一律扼杀在摇篮之中。

　　说来也怪，小易写的散文、诗歌很少有刊物采用。一段时间内，小易失去了光芒，归于沉寂。没有了荣誉的小易活得无精打采。无奈，妻子又放松了一步，规定小易可以写带讽刺内容的小说，但是主旋律必须是讴歌正气的。

　　虽然这样做难为了小易，限制了小易的发挥，但是他的名字又频频出现在了各大媒体上，小易又活得有精神起来。

　　可是这样，小易工作一出问题，就有人跑到公司经理那里，说小易不把心思放在工作上而是放在写小说上，并且有部分人说小易在文中映射自己。小易又跌进了万丈深渊。慢慢的公司经理对小易有了成见，把烫手的小易调到了冷衙门。

　　小易一气之下，办了停薪留职。小易打算在讽刺小说上大干一番，干出一番天地来，可是离开了公司的小易，没有了源头活水，再也写不出精彩的讽刺小说来。

　　小易成了霜打的茄子，为了满足自己对发表讽刺小说的渴望，小易又重返公司。小易在创作上如鱼得水，讽刺小说源源不断地创作出来。

　　笔耕不辍的小易成了闻名遐迩的讽刺小说家，但他一直是一名普通的办事员。

儿子的语言

过了几日，又过了几日，我又指着照片问政良："当时，你上哪儿去了？"政良摆弄着手里的识字本，一本正经地说："上学去了。"

儿子政良今年四岁，正是学说话的年龄，不时有惊人之语从他嘴里冒出。

一天，政良想到姥姥家做客，我正在爬格子，不想去，就骗他说："你姥姥没在家。"他反驳道："姥姥有在家，有在家。"儿子很会用反义词。但在这里就用错了。

我改正道："不是'有在家'，而是'在家'。"

儿子见缝插针，说："既然在家，你和我去。"

没办法，谁叫从咱口中说出，只好依他。

结果，儿子在姥姥家玩了个天昏地暗，乐极生悲，感冒了。

晚上，我回到家倒头便睡，半夜，突然听到儿子大喊："我没气了，我没气了。"

吓了我一跳，弄了半天才明白，儿子鼻塞，不会表达"不透气"，结果就成了"没气了"。

又一天，儿子盯着墙上我们的结婚照，作深思状。我想测测儿子的思维状况，我想他会问，照相的时候他在哪里。

可是过了很长时间，儿子啥也没问。

我沉不住气了，指着照片上稚嫩的我问："这个是谁？"

政良不假思索地答："爸爸。"

我又指着照片上极不像他妈妈的人问："这个是谁？"

儿子爽快地答道："妈妈。"

我接着问他："那么，政良呢？"

儿子指着照片说："在爸爸和妈妈后边！"

过了几日，又过了几日，我又指着照片问政良："当时，你上哪儿去了？"

政良摆弄着手里的识字本，一本正经地说："上学去了。"

墩 子

　　沙窝村出了一件特大新闻，轰动了整个乡。村里唯一一名大学生墩子毅然放弃在省城工作的安逸，主动请缨，回到村里当第一书记，努力挑战自己，他要带领村民走上致富的康庄大道。

　　艾山乡沙窝村，是一个穷得出了名的村，穷得跑出来的狗都夹着尾巴。村内全是沙地，地薄，村民以种花生、地瓜为主，十年九旱，刚能填饱肚皮。

　　后来，沙窝村出了一件特大新闻，轰动了整个乡。村里唯一一名大学生墩子毅然放弃在省城工作的安逸，主动请缨，回到村里当第一书记。

　　墩子上任后，围着村子转了又转，眼里除了沙山就是沙山，再不就是山上点缀着星星点点的蔫不唧儿的花生、地瓜。发展从何处下手？墩子思前想后，突然，眼前一亮，打起了沙山的主意。

　　那天是星期天，天很蓝，山很静。墩子招呼沙窝村在外的能人们回村共商脱贫致富大计。村里杀了鸡，宰了羊，他们边吃边谈。有的说，开沙场卖沙吧，有的就说，沙子质量不行，没人要；有的说办个工厂，有的就说，没资金没路子……讨论来讨论去，没一点眉目。墩子说，我有点想法，不知能不能行得通，咱村山多地广，光照充足，土壤富含钾、钙、磷、钼、硼及果树生长的多种微量元素，山沟沟都有长流水，虽说量不大，但可以建塘坝蓄水，环境好，无污染，可以栽果树，搞无公害果子，咱这里离大城市不远，城里人专认咱这种果子，销路自然不愁。

　　墩子将近几天的思路和盘托出，众人听了都说好主意，纷纷举手赞成，大家七嘴八舌，你一言，我一语，一个宏伟的发展蓝图，就这样诞生了。人心齐，干

劲足，墩子向乡政府争取扶持资金，并动员在外工作人员出钱的出钱，出物的出物，出力的出力，还说服全村村民拿出一部分钱来，用大型机械，把村周围的山全部深翻了一遍。光秃秃的沙山，变成了层层梯田，远远望去，座座山头，就像一条条大鱼在上下翻腾。大伙一合计不仅地质量上去了，面积比原来还增加一倍多。地整理好后，墩子又带领村民，拉河建坝，引泉上山，建水池，硬化环山路。

一切准备妥当，墩子就又外出"要"来了扶持的桃树苗，全部嫁接成适宜沙地生长的寿桃。桃树栽上后，墩子从县里请来专家，手把手教村民桃树管理技术，尤其是在配方施肥、人工授粉、疏花疏果、果实套袋、摘叶转果、果园生草、无公害病虫防治等新技术上下工夫，确保产出的是无公害桃子。

渐渐地，桃树种植规模越来越大，辐射到周围十几个村，鲜桃产量与日俱增。墩子因势利导，将沙窝村为中心的十几个砂石山村联合起来建成了万亩无公害鲜桃基地。当时县里果品刚刚注册了"沂蒙山"商标，墩子又积极咨询，请来县里专家进行审查，申请使用了"沂蒙山"商标，严格按照"沂蒙山"品牌要求进行管理，并按照装箱标准严格装箱。"沂蒙山"牌寿桃销往大江南北。

腰包鼓了，墩子就建批发市场，建气调恒温库，成立果品销售公司，为果农提供"产、供、销"一条龙服务。栽起梧桐树，方能引凤凰，墩子还带领村内经济能人外出考察，招商引资。这不，各地客商纷纷来沙窝村投资修建度假村、游泳池、钓鱼池、游乐场，沙窝村已成了集生态、观光、旅游、休闲为一体的生态旅游农业区。当地村民也过上了小康生活。

前段时间回家，又得知，墩子又从韩国引来一个工业大项目，果品深加工，现在正如火如荼地建设着呢！

"司马光"砸缸

过了一会儿，儿子跑来问我："爸爸，那边有个黑东西，是什么啊。"我过去一看，是一口缸，果农给果树打药用的，常年放在果园。我指着缸说："那是缸，司马光砸缸，砸的就是这样的缸。"话音未落，儿子就把缸给砸了……

春光明媚，万物复苏，蛰伏了一个冬天，都闷坏了。周末，妻提议去踏青挖野菜，我欣然同意了，儿子也欢呼雀跃。

我们来到一片地里，这里野菜很多，有荠菜、苦菜、白毫等，它们像是早就知道我们要来似的，早早地长出来在等我们挖。儿子拿着小铁铲，专拣大的野菜挖，可他不会挖，铲不深，白白把野菜铲碎了。儿子挖了一会儿，就没了兴致，厌倦了，到处乱窜。妻不放心，干脆让我陪儿子，妻自己挖野菜。

我和儿子来到一片果园，果园里野菜更多，但是果农给果树打药时也打到了野菜上，不能吃。人们都不到这儿挖，所以野菜长得都很大，儿子这回有了用武之地，拿着铲子到处乱铲……

过了一会儿，儿子跑来问我："爸爸，那边有个黑东西，是什么啊。"我过去一看，是一口缸，果农给果树打药用的，常年放在果园。我指着缸说："那是缸，司马光砸缸，砸的就是这样的缸。"每天晚上儿子都是枕着这个故事入眠的。儿子听后，来了精神，搬起脚下一块石头要砸缸。我忙说："不能砸！"可为时已晚，只听"咣当"一声，缸破了一个口子，水淌了一地，儿子没见过这场面，吓呆了，随后"哇哇"地哭了起来。在远处忙碌的果农，听见响声，跑了过来，看到这个情景，赶忙宽慰儿子说："小朋友，不用怕，爷爷不嫌你，爷爷家里有

很多这样的缸。"我很不好意思，从口袋里掏出二百元钱，要赔偿损失。老伯说啥也不收。他说："一个缸不值钱，别吓着孩子就好。"

我很愧疚地领着儿子离开了果园。司马光砸缸，救了孩子，成了英雄，儿子学司马光砸缸，却毁坏了老伯家的缸，我也哭笑不得。当然这件事也给儿子上了一课，后来，儿子跟他妈妈检讨说他不应该砸缸。当然，我更感激那位老伯，我们素不相识，自己受了损失也不计较，反而担心孩子受没受惊，跟自己的父母一样啊。唉，可怜天下父母心啊。

沂蒙全蝎

掀蝎子最怕掀到蛇了，在沂蒙山区，我们把蛇叫作长虫。有时候费力掀开一块大石头，本来指望石头下边有一对蝎子的，结果拿眼一看，石下盘着一条大长虫，顿时吓得魂飞魄散，扔下石头，就是一路狂逃。

我们那个地方的蝎子是非常有名的。

别的地方的蝎子是两钳六腿，而我们这个地方的蝎子却是两钳八腿。也有人把钳子也称作腿，别的地方的蝎子八条腿，我们这个地方的蝎子十条腿。

我们那个县是沂河发源地，地处沂蒙山腹地，因此十条腿的蝎子就叫作"沂蒙全蝎"。

"沂蒙全蝎"也理所当然地成了地理标志性物种。"沂蒙全蝎"含有蝎毒素、蝎酥、牛磺酸、卵磷脂、三甲胺、甜菜碱等十几种成分，因个大、体肥、营养丰富而闻名遐迩。

吃蝎子可以祛湿、通络、消炎、解毒，对风湿、半身不遂、皮肤病、破伤风、结核、疮疡等顽疾有独特的疗效，"沂蒙全蝎"就成了名贵特产。

因此，桌子上有"油炸全蝎"这道菜，那么招待的客人就是贵客了。

炸蝎子也是有要求的，别的地方炸之前要将蝎子洗净，我们这地方不洗，直接放油锅炸，炸至金黄色便可食用。

据说蝎子身上的土也是有药用价值的，这有点爱屋及乌了！

蝎子藏在石头下，从前要掀开石头才知道有没有蝎子。不像现在拿个紫外线蝎子灯，一晚上能照上几斤蝎子，导致蝎子越来越少。

　　在我的故乡陈庄，墩子就是村里掀蝎子的高手之一，不管在什么地方，和什么人掀蝎子，墩子总是收获满满。在沂蒙山区，我们把这样的人称作"招蝎子"。

　　墩子盛蝎子的器皿也简单，有时候用葫芦，有时候用"六味地黄丸"的铁盒子，还有时候就用厚点的方便袋，还有的时候无准备，就直接用矿泉水瓶子……

　　因蝎子尾巴上的针会蜇人，得用工具拿。

　　拿蝎子的工具也简单，拿一根筷子，用刀从中间一劈两半，再用绳子在底部一绑，就是很好的镊子。用镊子夹住蝎子的尾部放入器皿。当然更多的时候，墩子嫌拿镊子麻烦，就直接用手拿。

　　墩子不怕蝎子尾巴上的针，而且用手拿蝎子也有技巧，捏住蝎子最后那两节，让蝎针没了用武之地。

　　就是偶尔失误，被蝎子蜇了手，墩子也不怕疼，随手采一点蝎子草抹一抹，就无关紧要了。

　　我和墩子是发小，除了下河逮鱼、上树摸鸟之外，大多时候就是上山掀蝎子。那时候穷，每年谷雨过后，墩子和我都有一笔意外之财。因为墩子招蝎子，我跟着他也能沾光。

　　墩子不光招蝎子，他的母亲还是陈庄有名的"神婆"，能掐会算，每次出发前，都算上一卦。今天到北山掀，明天到东山掀，后天不宜掀，不一而足。

　　掀蝎子最怕掀到蛇了，在沂蒙山区，我们把蛇叫作长虫。有时候费力掀开一块大石头，本来指望石头下边有一对蝎子的，结果拿眼一看，石下盘着一条大长虫，顿时吓得魂飞魄散，扔下石头，就是一路狂逃。

　　逃得远远的了，心还吓得扑腾扑腾地跳。

　　有时候，掀到的不是长虫，而是蛇虫子，也吓一跳。这蛇虫子，据说是蛇的娘舅，学名叫蜥蜴，并不伤人，只是有点像蛇而已。

　　我和墩子都怕长虫。

　　为了减少与长虫近距离对视，我俩掀蝎子，都配上了铁钩子。铁钩子本是点火炉用的，这时天气已转暖了，正闲着。

　　反正闲着也是闲着，用铁钩子掀石头不用弯腰，还提高了效率。

　　在一场绵绵春雨后，正是掀蝎子的最佳时节。

　　我和墩子在凤凰岭前麓，掀得正起劲，那天收获颇丰。

　　我正用心用力掀蝎子呢，突然只听墩子大叫一声，铁钩子扔得远远的。

　　他大喊，一条长虫钻进了裤子！

　　我听后，也吓得不轻，这还了得，万一长虫有毒，咬墩子一口……后果不堪设想。

　　我上前一瞧，墩子额头已冒出豆大的汗珠，脸已吓成了紫红色，两只手直直地捏着右腿的裤子，浑身哆嗦。好像长虫已蹿到了墩子的大腿根，再一蹿，就是要害部位！

　　那地方早已湿了一大片！

　　关键是我帮不上忙，我也怕长虫。

　　墩子倒还算镇定，着急地说，我捏着长虫了，你快喊人来帮忙，把我的裤子脱下来！

　　好在，山上到处是掀蝎子的人，我一喊，人就聚到了墩子周围。

　　在几个胆大的人的帮助下，把墩子的裤子脱了下来。随着一声号子，裤子被扔得老远老远的……

　　墩子下身只穿着红裤衩，雪白的大腿上沾有红红的血迹。

　　这时墩子才放声大哭了起来……当我们去查看伤口时，却发现墩子的大腿处完好无损，没有任何被长虫咬过的地方。

　　众人皆纳闷。

　　为了彻底揭开谜底，几个胆大的人，又小心翼翼地找到裤子探个究竟。

　　当裤子翻过来，才发现裤子上粘着一条蛇虫子，早已被墩子捏得稀碎了……

　　自此，墩子再也不敢上山掀蝎子了。

桌子上有个洞

　　我后边的课桌上因木头开了裂，慢慢形成了一个三角形的洞。考试的时候，把书放在桌洞里，一只手用试卷或草纸遮掩着，另一只手在桌洞里翻书，抄书神不知鬼不觉，十分惬意，可以考个好成绩。

　　那一年秋天，我以全乡第四名的成绩考上了乡中学，开始了初中学习生涯。乡的名字叫土门，但我没有发现任何类似土门的门，这名字很令人费解。

　　土门乡是座极小的山城，一条柏油路穿过这个小乡，路的两边是商铺。乡里的楼不多，算作楼的有乡政府、农行、信用社、派出所、粮所、卫生院这几座，有鹤立鸡群的样子，其他的就是砖房和茅草房了。

　　学校坐落在张家寨山半山腰的一块平地里。这里也有一座楼，但不是真正意义上的楼，只能算作屋，房子上摞房子。

　　那时学校很乱，青痞很多，经常打学生，几乎每个学生都被打过，就连几个不识相的老师都差点被揍了。这些青痞拉帮结伙，分为几派，最后经过几次打斗，形成了较为稳定的两派。他们打人不说，还到处偷东西，抢东西。

　　前阵子，同学聚会，就见到了一个青痞，现在已是某公司的老总了，开路虎，住别墅。他说，上学时打过你们，现在向你们道歉啊！接着就弯腰鞠了个躬，并开玩笑地说，你们现在一个个长得五大三粗的，现在再打，还真打不过了。

　　那时，除了不稳定外，谈恋爱的还很多，情书满天飞。下了晚自习，操场上、地堰边、小树林里，到处是卿卿我我的鸳鸯影子。班里时不时就传，谁又跟谁好上了。

　　因为我考了第四名，便被安排在了四班。班主任是刚分来的大学生，任命我为班长，这个职务我很喜欢，但在以前没有干过。在小学四年级前，我的成绩也是数一数二的，但是倒数。只是在五年级才开始知道学习了，知道学习后，就考了全乡第四名。

初中跟小学不大一样，课程多，作业多，这个老师来了，讲完课，就布置一通作业，那个老师又来，再布置一通，同学们都疲于应付。我还要管理班里的杂务，就影响了精力，期中考试成绩便不理想。

同学们就开玩笑说，班长班长腔眼子痒痒！

那时候，老师待遇还很低，低不说还发不及时，积极性就不高，管理就跟不上。

经过半年的互相适应，班里窗子上二十七块玻璃，就剩下一块没被打碎，这一块在讲台一侧，又在墙角里，估计打起来不方便，所以就留了下来。教室门也只剩下了上半部，早上去得早的同学，门锁还没有开，就从门洞里钻进去，很方便。

我们在这样的环境里学习，桌洞里是不敢放任何东西的。考试的时候，就以抄为主。那时不是谁学得好才考好成绩，而是谁抄得好才能考好成绩。

当然也有一些不合时宜、没眼力见儿的老师监考得很严，那么，那个考场的成绩就极差。

我后边的课桌上因木头开了裂，慢慢形成了一个三角形的洞。考试的时候，把书放在桌洞里，一只手用试卷或草纸遮掩着，另一只手在桌洞里翻书，抄书神不知鬼不觉，十分惬意，可以考个好成绩。

因此那个位置，就成了炙手可热的宝座，十分抢手。

那个同学正跟班里的班花打得火热，倒不稀罕那个位置。

起初，我用班长的权威压他，让他把位置换给我，他死活不同意。后来我又用糖衣炮弹腐蚀他，他一样不为所动。

后来，这小子倒也聪明，出了个公开拍卖的把戏。

拍卖会在自习课举行。

他在讲台上，手拿用书卷成的棒子当作拍卖锤。底价两元，每浮动一次最低五角。

那场拍卖会，是我到目前为止见到的最为公平、最为激烈的一次拍卖了。经过几十轮的举手，最后价格定格在了二百元上，最后举手的是王琛琛，她家里有个当矿长的老爸，平时就大手大脚的，现在有了绝对优势。

最终王琛琛如愿以偿地拿到了那个座位。

更令人惊讶的是，王琛琛又转手送给了我。

原来她早已对我仰慕已久，以这样昂贵的礼物，进入了我的视线，扑进了我的生活。

我借助桌子上的洞，屡次考出了好成绩。初中三年，我一直陶醉在虚假的繁荣中。

最后的结果，就是中考，我们班全军覆没。当然那年，全级也就只考上了几个人，似乎并不丢人。

我不甘心，失落地加入了复读班。

虽然也就是一级的差别，但学校环境就有了天大的差别，教室还是那间教室，却再也没有了有洞的桌子，窗子上的玻璃也都恢复原样，桌洞里也敢放贵重东西了，进教室也没有狗洞钻。

有时候我就情不自禁地感叹，差别怎么就在一年呢？

当然，几十年后，我看着枕边酣睡的王琛琛，就想起那年教室的桌子上有个洞……

较　真

　　这事就告一段落了，当时我确实有点较真了，都按规定，都不让进，啥事也没有，让别人进不让我进，放谁身上都很生气。后来那个保安怕我投诉他，不知从哪打听到我的电话，打电话跟我道歉。

　　那一年，儿子从幼儿园升到小学。

　　因为到了陌生环境，我对儿子生活学习很担心，很牵挂。我再也没有进过校园，只是在学校附近的接送点，按时接送。最近听儿子说他们又重新调了座位，我问他调到了哪里，他对方向还不清楚，说了半天我也不知道到底坐在了哪里。

　　儿子一放学，就开始写作业。作业都是老师通过校讯通发短信过来。一开始儿子都是带着所有的课本和作业，书包很重，我就劝儿子，老师布置作业时认真听，只拿相关书本就行了。儿子很听话，一切照做，可是过了一段时间，因为有校讯通，记不全的作业就可以查一下，慢慢有了依赖，有了惰性，时不时地忘记带作业。

　　后来发现他的数学作业老是忘记带，我就嘱咐他明天一定要带上，第二天他却跟我说找不到了。我说再回去好好找找，实在不行可以让老师帮你找一下。可是仍然没有找到。

　　下午，我接上儿子，准备跟儿子一起到教室里找找，也顺便看看儿子到底坐在哪个位置，就领着儿子来到校园门口。这时，一位年轻貌美的女家长也领着女儿往里走。门口保安拦住她们，问她们干什么去。那位女家长娇声娇气地说，给班主任送张表。然后扭扭捏捏地进去了。我跟着往里走，这时保安大声地质问我："干什么去？"我说："儿子作业本找不到了，我进去帮他找找。"他斩钉截铁

地说："学校有规定，不让家长进！"我强作欢笑状，说："我就进去一会儿。"他说："不行，最近出了多少案子，你该是也听说了，学校这样做是为了学生的安全。"我怒火中烧，斥责说："你怎么让她进，不让我进呢？怎么这规定不一视同仁呢？"他说："不为什么，就是不让你进！"我说："那我就偏要进。"说着就领着儿子硬往里闯。他过来截我，这样我俩就有了身体接触，开始推搡，吵了起来。一吵吵，就围上一些看热闹的家长。有了围观的就更不相让了。

这时跑过来一位袖子上带着"值勤"袖章的领导模样的人，把我俩拉开。我就向他投诉："你们保安为什么让别人进，不让我进？我可以不进，你们是怎么管理的，我要投诉保安，你处理不好，我还要投诉你。"可能是这话起了作用了，那保安不嚷嚷了。值勤的人把我拉到一边，说："保安也不容易，你放他一马，我跟你进去找书。你看你儿子还在这里看着呢，别再吵吵了，对他影响不好。"这时我看到儿子在一旁怯怯地看着我，才注意到自己失态了，于是没有再跟那个保安计较，跟着值勤的领导到教室找书去了。

这事就告一段落了，当时我确实有点较真了，都按规定，都不让进，啥事也没有，让别人进不让我进，放谁身上都很生气。后来那个保安怕我投诉他，不知从哪打听到我的电话，打电话跟我道歉。其实我也真没打算投诉他，只是气头上那么一说。反过来说，如果我心态摆正，别太较真，兴许就不会发生这样不愉快的事。

邂　逅

　　人生中因为有了美好的邂逅，所以也有了美好的希望，这犹如魔幻一般激励着你乐此不疲地奋力追赶……只是所谓的爱情只存在于某些人的幻想中。幻想和现实一碰面，立马被击得粉碎。如果你拥有幻想中的爱情，就请珍惜吧！

　　小米第一次见到那个女孩是在中考的考场上。

　　女孩坐在小米前面。女孩留着学生头，白净、优雅、大方，坐下之前冲小米微微一笑。小米就醉了，心想，世间竟有如此美好的女孩！

　　《诗经》上说，窈窕淑女，君子好逑。小米顿时有了切身的体会。

　　小米还想到了"一见钟情"这个成语。

　　小米就有了幻想，盼望跟这个女孩接下来会有故事发生。

　　可是，小米对这个女孩知之甚少，只知道他是城里历山中学的。这个还是从她穿的校服上知道的。

　　小米想了解女孩更多，但又限于自己是中学生，理应以学习为重。他也无法像电视电影里的那些公子哥造些浪漫的巧合，于是就把这事深深地埋在了心底。

　　后来，小米在电视上看到了明星徐静蕾。小米立即想到了考场上的那个女孩，几乎跟徐静蕾如同一个模子刻的一样。

　　自此，小米就在心里给女孩起了个名字：蕾蕾。

　　小米苦恼和烦闷的时候就会想到蕾蕾，一想到她，小米就兴奋，小米就觉得那些苦恼和烦闷就都不是事儿，小米还有更美好的追求。

　　最令小米惊喜的是，小米在高中报到的时候，再次见到了蕾蕾。她更美了，

依然那么阳光，微笑一直挂在脸庞！

小米就祈祷，蕾蕾能和自己分到一个班。

可是，分班后，小米搜索了几遍，也没有找到蕾蕾的倩影。

偶尔，小米在校园的小道上见到了蕾蕾，就盯着她看，又惊喜地发现蕾蕾对他笑的更多。小米的心就"怦怦"地跳，好像要跳出来似的……

晚上，小米躺在床上就睡不着了，脑子里全是蕾蕾的微笑。

就在这时，小米听到了敲门声，小米迷迷糊糊地打开门，来的竟是朝思暮想的蕾蕾，两人就卿卿我我地谈起了人生理想……谈累了，蕾蕾竟脱衣钻进了小米的被窝……

小米一下子激动地醒来，才知是做了一个黄粱美梦。小米又发现内裤上湿漉漉的，才知自己第一次梦遗了。小米是从生理课本上知道梦遗这事的。

梦里与蕾蕾睡过之后，小米更加坚信，他与蕾蕾一定会有故事发生。

果然，小米在校园里见到蕾蕾的次数就多了起来，只是微笑是他俩碰面的招呼，唯一的招呼。虽然两人之间没有言语，也没有牵手，更没有示爱，但小米坚信，他俩是心有灵犀的，知道彼此的心思，早晚有一天，他们会牵手，会拥抱、会接吻……

时光匆匆，转眼三年过去了，小米考上了大学。大学与中学大不一样，不再只是学习了，还有玩，交女朋友。小米应付似地也找了一个女朋友，但她与蕾蕾没法比，一个天上，一个地下。

蕾蕾考到哪里去了，小米多方打听，毫无音信。只是偶尔厌烦女友的时候，还会想起蕾蕾。小米很想让蕾蕾再到梦里来，可是她很犟，再也没有进入到小米的梦中……

工作以后，小米分到了事业单位，就有很多红娘给小米介绍对象，在经过一轮一轮地挑选后，小米找了一个还算门当户对的老婆。但在小米心里，这个老婆也与蕾蕾无法比。

下了班，不是各种应酬，就是老婆孩子缠身，蕾蕾从小米的世界里彻底消失了……

突然有一天，小米再次惊喜地发现，蕾蕾竟和他住在一个小区里，而且就隔着三幢楼。

那天，小米闲着无事，领孩子到小区后边的花园玩耍，一抬头，看到了蕾蕾。她依然如故，依然留着学生头，只不过是凸的地方更凸了。

蕾蕾竟然主动跟小米摆了摆手。

小米突然兴奋了起来，盼了多年的故事终于要来了。小米的心又"怦怦"地跳了起来，小米已好久不这样心跳了。

这时，蕾蕾后边跟着出来了一个秃顶、戴眼镜的猥琐男人，这男人小米认识，是兄弟乡的一个站长。更让小米大跌眼镜的是，这人居然是蕾蕾的丈夫！

小米脑子里，瞬间跳出来一个谚语：好白菜让猪拱了！

小米懵了，一脸的沮丧，蕾蕾怎么跟了这么一个男人？一朵鲜花插在了牛粪上！

小米跟蕾蕾夫妇匆匆打了个招呼，如惊弓之鸟，慌不择路地逃走了……

第二辑　永恒的爱

爱是永恒的。

人一生充满了爱。

关于爱，我们说了很久很久，很多很多，还在继续说，还要继续说，因为，爱变幻莫测，就像这茫茫宇宙，无边无际，每一颗星星都是爱的启迪。

爱是相互的，在爱的另一端，你牵着我。

爱，在某一刻……

爱，在某一个地方……

爱，在某一种心情……

爱其实没有理由。

爱是永恒的主题。爱的最高境界是经得起平淡的流年。有爱，就会有一切！

继母的生日

爱是人类最美的语言。亲情是人生至真至纯的真情。是父母给了我们生命，父母对子女的爱，是一种亘古不变的真爱，无私的付出，不图回报。而子女对父母的爱是一种感恩图报。爱是真情的流淌，爱是一种精神的延续。时刻拥有一颗感恩之心，别让心灵荒芜。一颗感恩的心就是一个和平的家，一次次温暖地问候就是一个和谐的世界。

忙了一天，刚刚躺下，电话丁零零地响了起来，父亲打来电话说，让我动员姐姐明天一块到家里给继母过生日。我问，继母的生日不是后天吗？父亲说弄错了，你继母的身份证上出生日期是 8 月 6 日，但你继母是 8 月 5 日出生的，办身份证时弄错了。去年，为了不扫你的兴，你继母不让我告诉你，实际上去年你给继母过错了生日。

我听后痛快地答应了。

去年，继母刚刚改嫁过来，姐姐和继母的子女坚决不同意这门婚事，一直阻挠设绊，可她们没有得逞，父亲依然在我的支持下，与继母走上了红地毯。可姐姐不与继母来往，只是抽继母不在家的时候回娘家。继母的子女只是抽父亲不在家的时候来探望母亲。继母和父亲挺伤心。去年 8 月 6 日，我自己给继母过的生日。

放下电话，我就给姐姐打电话，跟姐姐商量明天回家给继母过生日。姐姐态度很强硬："我没有母亲，母亲早死了！"

我说："你是嫁出去的人了，如同泼出去的水，家里就由着父亲吧，你家离

父亲家又远，再孝顺也是跑在路上；我又在外面工作，家里都顾不上，父亲找个伴，吃上个热乎饭，有个精神依靠，咱俩不是都放心？"

"父亲早不找，60 岁了才找，也不怕人家笑话，咱父亲不嫌丢人，我还嫌丢人呢。"姐姐哽咽着说。

"年轻的时候，父亲怕咱俩落在晚娘的手里，担心咱俩受委屈，如今咱相继都有了自己的家，父亲无牵无挂了，才找个老伴，父亲不容易啊！"

"……"姐姐没有说话。

"父亲不喜欢串门，一个人在家，没有跟他说话的，整天闷闷不乐，郁郁寡欢，孤单得慌啊！姐姐，父亲找老伴是父亲的福气，也是你我的福气，也是你我的孝心啊。去年你没有回家给继母过生日，父亲把我叫到里屋，老泪纵横地说，他有了老伴没了女儿，心里难受啊。"

姐姐没有说话。

"再说，从咱继母那里说，继母顶着压力来到咱家，她也是没有了儿女啊，听继母的大儿子说，今年他们也到咱家给母亲过生日。这是我们互相了解，共同建设和谐家园的好机会啊。"

最后，姐姐在我苦口婆心地劝说下，答应明天跟我一起回家。

第二天一大早，我和姐姐提着生日蛋糕来到老家，继母和父亲看后，不住地用衣袖抹眼泪。

简单地寒暄过后，我们一起做饭，准备迎接继母的儿女，大伙一块给母亲过个快乐的生日。

然而一直等到下午一点，继母的儿女一直没有来，我和姐姐也不方便催问，继母的脸色很难看，也很尴尬。最后，我和姐姐给继母过了生日。

听父亲说，我们走后的第二天，继母的儿女们都来了，来给母亲过生日。原来，他们听说去年我是在 8 月 6 日给继母过的生日，今年也故意在 8 月 6 日来给母亲过生日——他们知道这不是母亲真正的生日，是想和我们姐弟俩一块给母亲过生日呀，可见继母的儿女们也是用心良苦啊。

三个儿子

两个儿子为自己的长辈配助听器，长辈出钱的，儿子给他配个一般的，却谎说是好的；儿子出钱的，给长辈配了个好的，却谎说是一般的。一反一正显示了爱的伟大与渺小……

王五一临出门时，年迈的母亲不停地唠叨，非要王五一上县医院给她买个助听器。

王五一的母亲已过古稀之年，耳朵不好使，要把嘴巴放在她耳朵上大声叫喊方能听清一二。母亲已经要求多次了，王五一一直没有买。一方面助听器价格昂贵；另一方面自从母亲耳聋以后，听不到家里的闲言碎语，反而唠叨少了，家里清静了许多。

到了医院，前面已有一对母子在等大夫了。母亲戴老花镜，衣着整洁；儿子西装革履，油头粉面。

儿子问："大夫，我母亲的耳朵聋了，要配个助听器，都有什么样的？"

"好的一万多元，一般的四千多元。"大夫不假思索地说。

儿子向母亲比画着表达了这层意思，想征求她的意见。母亲说："配个好的，我半年的退休金就够了，用不着花你的钱！"

儿子向大夫走近了几步，小声地说："给我母亲配个一般的吧，我母亲70多岁了，也活不了几天了，老人家走了，助听器就派不上用场，配好的浪费。"

可能是母亲看到儿子与大夫的嘴巴动，料定是儿子与大夫商讨配怎样的助听器，遂大声说道："大夫，我要配个好的助听器，耳聋太难受了。"

儿子听后，忙对大夫说："别听她的，我拿着钱我说了算，你就给老人家配

个一般的。我妈知道了会埋怨我的，待会儿，你就告诉她，我给他配了个好的，麻烦您配合一下，大夫！"

大夫苦笑着点头同意了。

配上一般的助听器后，老人从大夫的口中知道儿子给自己配了个好的，满意地走了。大夫望着二人的背影，苦笑了良久。

过了一会儿，又来了一对父子，也是来配助听器的。儿子西装革履，稳重大方；父亲衣着朴素，满脸慈祥。

当儿子听说有两种价格的助听器后，向父亲比画着表达了这层意思，想征求他的意见。父亲说："配个一般的，我一个土埋到脖子里的人，就要跟你妈去会合了，配个好的浪费，再说也没有多大用处！"

儿子向大夫走近了几步，小声地说："给我父亲配个好的吧，我父亲63岁了，一个人苦了多年了，年纪大了耳朵又聋了，一辈子不容易。"

父亲看到儿子与大夫的嘴巴动，猜想是儿子与大夫商讨配怎样的助听器，遂大声说道："我要配个一般的助听器，我又不挣钱，别难为了孩子！"

儿子听后，忙对大夫说："别听他的，我拿着钱我说了算，你就给老人家配个好的。我爸知道了会埋怨我的，待会儿，你就告诉她，我给他配了个一般的，省得老人家心疼钱，麻烦您配合一下，大夫！"

大夫痛快地点头同意了。

配上好的助听器后，老人从大夫的口中知道儿子给自己配了个一般的，很欣慰，满意地走了。

栾曰春

　　这是一个关于傻子的故事。傻子名字起得有诗意，叫栾曰春，但过得并不诗意。终于有一个机缘巧合，攀上了高枝，也过上了诗意的生活。

　　栾曰春，这个名字，很有诗意。

　　有着诗意名字的栾曰春过得并不诗意。

　　在夏天，栾曰春穿着棉袄棉裤，赤脚，棉袄敞着怀，棉裤是扎到胸部的那种。天热得要命，知了都懒得叫唤，从栾曰春身上却看不出一丝热意来。在冬天，栾曰春仍穿着棉袄棉裤，赤脚，棉袄用绳子捆着。天冷得要死，五九六九冻牦牛，栾曰春如入无冬之境。栾曰春手持一根开裂的竹竿，竹竿就是他的眼睛。

　　栾曰春摸索着来到五奎家，扯开嗓子，喊："五奎，五奎。"五奎媳妇拿着馒头煎饼，扔给栾曰春。栾曰春吃着要来的饭，继续前行。等来到李四家的时候，已经吃完了。他又破开嗓子，喊："李四，李四。"倘若李四没有表示，他是不会离开的。栾曰春坐在李四家门口，歇一会儿，再叫："李四，李四。"直到有所收获。

　　当然，也有不怕乱，不怕沾晦气的，就是不理栾曰春。栾曰春也很狡猾，破开嗓子喊："卖豆腐来，卖豆腐来！"上当者，端着盘子出来买豆腐。栾曰春知道人不搭理他，就在他家门口待一天，或是走到哪里，就把此事宣扬到哪里。上当者就该倒霉了。

　　栾曰春不仅"卖过豆腐"，还"收过破烂""磨过剪子"，等等，不一而足。

　　栾曰春年轻的时候，并不是这样的。只是有一次村里伐树，先要爬到树上修

修旁枝斜枝，然后将树杀倒。栾曰春承担了修枝的任务。村里王五一扶着梯子，栾曰春向上爬，突然插在腰里的斧子溜了。栾曰春往下一看，斧头直向王五一头上砍去，王五一必死无疑。栾曰春懵了，愣在那里。就在一瞬间，王五一不经意地挪了一下身子，斧子掉在了地上。王五一毫发无伤，捡了一条命，栾曰春却从此傻了，父母花了很多钱也没治好他的傻。

傻了的栾曰春，就不在乎吃的穿的了，慢慢成了流落街头的乞讨者，他父母去世后，又无兄弟姐妹，孤苦伶仃。再后来，继承的房屋也坍塌了，便居无定所。再后来，眼睛又得了白内障，无钱医治也无心医治，慢慢地就失明了。

栾曰春是村里生活中的一个重要内容，也是艾山乡的一道独特的风景。栾曰春的村是乡驻地村，乡机关的人都认识栾曰春。打牌的时候，一方的牌极好，赢了的时候，另一方就开玩笑说："你这牌就是栾曰春也会赢。"大伙就不约而同哈哈一笑。

有一段时间，栾曰春不知受何人教唆，攀上了乡政府。你想啊，乡政府接待多，剩饭剩菜自然就多，栾曰春使出他的独门绝技，坐在乡食堂门口。食堂老板拿他没办法。于是栾曰春就能从食堂后院的猪嘴里争出一口食。当然这口食比起村里的食就又上一个档次了。因此吃馋了的栾曰春，成了乡政府的"公务员"，准时上下班了。

在乡政府准时上下班的栾曰春，也有他生命中的贵人。这天中午，栾曰春来到食堂，等着饱餐一顿美味，很巧县里苏县长，腆着啤酒肚上厕所，看见了饥肠辘辘的栾曰春。苏县长就有些不高兴，眉头一皱，这一幕被乡里的周乡长全看在了眼里。周乡长很是惶恐，栾曰春影响了他们喝酒的兴致，肮脏的栾曰春甚至影响了乡容乡貌，让栾曰春待在乡政府简直就是一种侮辱。周乡长恨不得让乡里的司机把他拉到外地，图个清静，也省得晦气。但是，周乡长转念一想，何不在苏县长面前做个"政绩"呢？

苏县长走后，周乡长立即安排乡民政部门，拨出专款，让村委给他盖了三间瓦房，并配齐了被褥衣物，栾曰春方有了自己的家。有了家的栾曰春先是由残联和医院免费治好了他的眼睛，接着又吃上了低保。这样，栾曰春的生活总算有了一点诗意。

家有稚子

这是一组关于儿子陈翰林的故事，一个有自己思路与见解的家伙！

认　字

陈翰林上幼儿园后，斗大的字不认得几个，但有个毛病，人走到哪里字就认到哪里，而且时不时地让我写字让他认。有一回，丈母娘来了，我灵机一动，写下了"丈母娘"三个大字，心想他一定认得。陈翰林看了看，大声念道："大母狼！"

真与假

每逢周末及假日，陈翰林常跟我们到他姥姥家探亲，他左一个姥姥右一个姥姥，叫得我妈心花怒放，当然也叫来了许多好吃的东西。一日邻居张大妈给陈翰林送来了一篮子苹果，我引导他说："快叫姥姥，这也是你姥姥。"陈翰林寻思了半天，也没叫姥姥。过后，我问他为什么不叫，他指着我妈说："我只有一个姥姥，她（张大妈）是假姥姥！"

不理解

陈翰林平时特爱看有关抗日战争的故事片，每次都看得津津有味。有时他不听话哭闹了，我就拿"狼来了！""疯汉来了！"吓唬他，他停止哭叫，反唇相讥："狼和疯汉有什么可怕的，难道比日本鬼子还可怕？！"

小　气

不知为什么，陈翰林特小气，逢年过节探望双亲，准备礼物的时候，我们放上点心，他就往外拿，嘴里不住地说："行了，行了。"邻居来借东西，只要他在家，就别想借成。陈翰林不听话的时候，妈妈就对他说："你再哭闹，我就叫邻居张叔叔来咱家吃饭！"

陈翰林听后，乖乖地说："我听话，我听话。"

打招呼

有一段时间，陈翰林学会了跟人打招呼，见了年轻点的，就叫"阿姨叔叔"，年纪大点的就叫"伯伯婶婶"，再大点的就叫"爷爷奶奶"，也不管认识不认识。但也有例外，就是从商店买了东西后，就是认识的人，他也不跟人打招呼，火急火燎地往家赶，生怕别人抢了他的东西。

红色的生日

一天晚饭过后，我在书房爬格子，陈翰林在旁边拿着台历翻着看，并自言自语道："5 月 1 日是红色的，5 月 4 日是红色的，6 月 1 日是红色的……"

陈翰林突然问道："爸爸，这几个日子怎么是红色的？"我说："5 月 1 日是劳动节，5 月 4 日是青年节，6 月 1 日是儿童节，只要是节日，日期就是套红的。"儿子点了点头，表情做顿悟状。

过了一会儿，陈翰林又问："6 月 28 日是什么节日，怎么也是红色的？"我想了想，6 月 28 不是什么节日啊，就拿过台历看了看，果然是红色的，可旁边又没有注明是什么节日，正纳闷呢。

儿子"扑哧"一笑说："爸爸真笨，6 月 28 日是我的生日！"我再一看，原来 6 月 28 日被儿子用红色笔使劲地涂红了。这小家伙是提醒我别忘了给他过生日呢！

大与小

妹妹家的孩子博林与陈翰林年龄相仿，只比陈翰林小 3 个月。两人每次见面都为争玩具而闹得不亦乐乎。

这天，博林来我家做客，他俩又为争手枪，都号啕大哭起来。我站出来劝说陈翰林。

我循循善诱，说："翰林这是你的家，你是主人，博林是客人，你要让着博林。"

翰林根本不理这一套，仍然我行我素。

我又说："翰林，你年龄大，是哥哥，博林小，是弟弟，大的要让着小的。把枪给弟弟玩。"

翰林听后说："博林是哥哥，我是弟弟，他得让着我。"

天天生病

陈翰林上学了，幼儿园托班，天天上学，无星期六星期日，也无节假日。

早上送他上幼儿园的时候，陈翰林嘴里说着"拜拜"，眼里却含着泪水，弄得大人心里很不是滋味。下午去接他的时候，他就乐得活蹦乱跳，说话做事与早上就大不一样了，成熟了许多。

这几天，陈翰林患了重症感冒，呆在家里没去上学，好吃的好玩的给他买了很多。陈翰林吃着果冻，玩着电动汽车，对我说："爸爸，要是天天生病多好啊！"

我是小人

有一天，儿子突然对我说："爸爸，我是小人！"

我一听，很不对劲，问："为什么这么说？"

他说："你是大人，我是小人。"

我循循善诱说："'小人'是坏人，不是好人。你很听话，是个好孩子，所以你不是'小人'，而是小孩。"

儿子听后，若有所思地说："我是小孩，那么你是大孩。"

亲 戚

儿子特喜欢吃粉皮。他姐姐也特喜欢吃粉皮。

他爷爷过生日，鸡肉炖粉皮。吃饭的时候，他们俩就开始抢粉皮吃。

姐姐边吃边说，我最喜欢吃粉皮，粉皮是我的最爱。

儿子思索了半天，说："粉皮和我有亲戚。"

叫姐姐

有一天，儿子到姑姑家做客，见了姐姐，两人亲热地拥抱起来，然后姐姐领着儿子出去玩去了。

好不容易得点清闲，我们打起扑克来。

不一会儿，就听到儿子的哭声，紧接着又传来姐姐的哭声。

我们放下手中的扑克，跑出去一看，原来是儿子非要姐姐头上的发卡，姐姐不给，儿子哭闹。姐姐怕妈妈打她，也哭了起来。

儿子姑姑上前哄姐姐，让他给弟弟。姐姐很犟，好说歹说就是不给。当然有不给的理由，给了儿子，儿子就给她弄坏。儿子姑姑就说了，儿子给你弄坏多少，我就给你买多少。姐姐仍不给。

我看不下去了，就劝儿子说："你叫姐姐，姐姐就给你发卡。"

儿子也很犟，就是不叫，逼急了，他说："爸爸，你叫姐姐……"

当爷爷

儿子国庆节到爷爷家做客，爷爷正在晒玉米，儿子拿起玉米就啃。爷爷忙说："这是生玉米，不能吃，你在城里吃的是煮了的熟玉米。"

过了一会儿，儿子从屋里找来一块毛巾，搭在肩膀上。爸爸问儿子："你这是干什么？"儿子回答："当爷爷。"

原来儿子在模仿他爷爷呢。爷爷把毛巾搭在肩膀上，可以随时擦汗。儿子就以为肩膀上搭一块毛巾就是爷爷了。

养鸡的父亲

　　遭此一劫的其余十二只鸡都在父亲的精心照料下，茁壮成长。从母鸡下的第一个蛋起，父亲又回到了和鸡快乐生活的时光，只不过，这次父亲亡羊补牢，在院子里搭起了鸡圈。

　　自从母亲去世后，父亲开始在家养鸡。

　　父亲在院墙外用铁丝网、栅栏垒了一个鸡圈，鸡圈里有鸡下蛋的窝、鸡食槽等。院子里，父亲用砖垒了一个真正的窝，这是鸡晚上住宿的地方。父亲早晨起来，打开鸡门，鸡就扑棱着翅膀飞到院墙外的鸡圈内，争着吃父亲早已备下的鸡食。等鸡全进去以后，父亲关上鸡圈，就去忙别的了。

　　每天午睡起来，父亲就着手拌鸡食。父亲找来青菜叶、白菜帮、烂苹果，在案板上剁碎了，掺上糠麸、豆饼、玉米面，拌成鸡食，量要大，够鸡吃三顿的。中午有事的时候，父亲就下午拌鸡食。因此每次回家总看见父亲"当当"地剁鸡食。父亲一只手拿着扫帚，挡着鸡食以防乱蹦；另一只手掌刀，从左边剁到右边，再从右边剁到左边，先横着剁再竖着剁。那神情像农村妇女剁饺子馅。有时候，我不耐烦了，就劝父亲把菜叶直接扔给鸡吃不就得了。父亲说那样鸡吃不好，而且糟蹋不少，再者这样可以节约粮食。父亲很倔强，也很执著，我也拿他没办法。

　　拾鸡蛋是父亲最爱做的事情。父亲拿着瓢，钻进鸡圈。一个一个地将鸡蛋掏出来。每掏一个，嘴里点着数，好像捡到了金元宝似的。回到屋里，将瓢里的鸡蛋再一个一个拿出来放进坛子里，再数一遍。如果我在家，父亲就高兴地冲我嚷，今天鸡下了 18 个蛋。我知道，那是父亲精心劳动的果实。

　　家里的鸡蛋攒多了，父亲一个人吃不了，就隔三岔五地来城里给我们送。有

时候父亲也卖一些鸡蛋，我就劝他，这些鸡蛋是真正的无公害绿色食品，没有任何激素，在城里很难买到，留着您自己多吃点，对身体好。父亲总是乐呵呵地应着，可仍旧时不时的卖鸡蛋。

儿子出生后，父亲供应我们鸡蛋就更加频繁了。父亲看着孙子吃自己喂的鸡下的蛋，那种满足感、幸福感就别提有多好了。

一天，我正在单位工作，父亲打来电话，说家里的鸡都被小偷偷走了。我听后，半天无语。我安慰父亲说，破财免灾啊，不要往心里去，咱再抓小鸡养就是。

其实近一段时间，房前屋后的邻居家的鸡就被小偷偷过，我曾嘱咐父亲，把鸡圈挪到院子里，保险。父亲说院子里没有太阳，鸡不舒坦会影响下蛋，遂没有搬进去，却遭此一劫。

回到家，看到父亲失魂落魄的样子，我心里很难过。父亲哆哆嗦嗦地说："我单知道鸡舒坦了，却忽视了贼。这下可好，一只鸡也没有了，孙子又正值吃鸡蛋的时候，唉！"我安慰道："买点吃就是。"父亲说："哪有这么好的鸡蛋啊，狗日的小偷！"

我给父亲抓了二十只小鸡，父亲又精心地养了起来，渐渐恢复了往日的笑容。

周六回家，儿子很喜欢小鸡，撵得小鸡到处乱窜，儿子乐得咧开了嘴，父亲也高兴得不得了。不一会儿，天上乌云密布，电闪雷鸣，好像要下大雨，一家人忙着把小鸡逮到笼子里，父亲盖上雨布。我们就到屋里去了。

果然大雨倾盆，下了好几个小时。

雨停后，父亲去看小鸡，却发现小鸡一个一个都成了落汤鸡，有几只都冷得倒下了。父亲让我赶紧点燃炉子把小鸡暖过来。妻胆小，不敢碰小鸡，我和父亲拿着小鸡来回地烤着火。十几只小鸡只守着一个炉子，近了怕烧着，远了又烤不到。不长时间就有五只小鸡没了气。突然，父亲揭开衣服把小鸡揣到怀里。因怀里暖和，且恒温，小鸡渐渐恢复了神智，慢慢地苏醒过来。我也学着父亲的样，把小鸡揣到了怀里……

经过一段时间的努力，十二只小鸡苏醒了过来，有三只小鸡一直未苏醒。我放弃了努力，看电视去了。可父亲怀里一直揣着其实已经死了的小鸡，而且揣了很长时间。最后，父亲无奈地说："屋漏偏逢连夜雨，你看，又有八只小鸡死了。"

遭此一劫的其余十二只鸡都在父亲的精心照料下，茁壮成长，其中四只是公鸡，八只是母鸡。从母鸡下的第一个蛋起，父亲又回到了和鸡快乐生活的时光，只不过，这次父亲亡羊补牢，在院子里搭起了鸡圈。

老崔抓贼

　　老崔家房前菜园有棵梨树，村里的孩子隔三岔五来偷梨，梨少了，菜也被破坏得乱七八糟。老崔非要抓一个贼，狠狠地教训一下，以儆效尤。终于逮住了一个机会……

　　老崔家住农村，房前菜园有棵梨树，有碗口粗，是老崔的外甥从外地带回来的接穗嫁接的。每年的阴历八九月份，树上挂满了金灿灿的梨，路人从老崔家门前经过，都忍不住流下口水。

　　正因为如此，村中的小孩子个个都以吃到梨子为己任，隔三岔五，趁老崔一家不在的时候爬上树偷梨子。孩子偷梨不说，还把菜园的菜踩得乱七八糟，老崔气歪了嘴，发誓定要抓住一个偷梨贼，狠狠地教训一下，以儆效尤。

　　时下的孩子个个猴精，瞅准了老崔一家的作息规律，都在最安全的时机"作案"。好长一段时间，老崔一无所获，而梨子却丢了不少。

　　一天老崔身体不舒服，提前下了班，刚刚到家门口，听见梨树上有窸窸窣窣的声音。抬头一看，村里的三胖子正在往方便袋里装梨呢。三胖子正全力以赴，竟没发现树下的老崔。

　　抓贼的机会终于来了，千载难逢，老崔刚要动手，突然心想，假如我突然出现大叫一声，定吓三胖子一跳，说不定会从树上掉下来，偷梨事小，摔坏了孩子事大。

　　于是老崔慢腾腾地走到树下，"漫不经心"咳嗽了一声，三胖子低头一看是老崔，四目相对，三胖子吓得手脚直哆嗦。老崔动了恻隐之心，说道："你摘了梨可要洗洗吃啊！"

治 病

　　给奶奶办"喜丧"那天，大伯和父亲、姑姑忙着招呼来我家吊唁的亲戚们，从他们那忙碌的身影中，看不出对奶奶的半点悲伤之情……

　　八十四岁的奶奶躺在病床上，已经三天不吃东西了，都说人在咽气这一刻，是不吃东西的。所以父亲请来了村里的清泉大爷。清泉大爷很有本事，他能知道人什么时候死。如果人死了，身体就变得很僵硬，是无法穿寿衣的；如果人没死就穿寿衣，这是要折阳寿的。必须在将死不死的时候穿寿衣，这个火候清泉大爷知道。清泉大爷每隔一会儿就把手放在奶奶的鼻端，以此来揣摩奶奶"上天"的时辰。这样反复几次后，清泉大爷说："恐怕不行了，已经开始吐气了，穿寿衣吧！"于是父亲和大伯把奶奶架起来，开始穿寿衣。

　　穿着寿衣的奶奶静静地躺在堂屋的门板上。门板用两条凳子撑着，地上铺着厚厚的稻草。门板周围围着大伯、父亲、姑姑、妹妹和我。

　　大伯说："俗话说'七十三、八十四，阎王不叫自己去'，咱娘看样子是过不了这一关了，这样也罢，她今年八十四岁了，也是喜丧了，大家就不要太伤心了。"大伯早年念过私塾，算是个文化人。经他这么一说，大伙心里就宽慰了许多。

　　奶奶平时对父亲最好，父亲仍不住地哭哭啼啼，父亲在泪眼婆娑中突然发现奶奶的手指动了一下，父亲赶紧停止了哭泣，说："咱娘还有救，刚才看见手指动了，慧君，快去叫大夫！"

　　大伯接过话说："这是回光返照，你不要大惊小怪。"

　　这回父亲没有听大伯的话，催促我赶快去叫大夫。

　　我来到村里的老中医志堂家，志堂治老年病有一套，可志堂偏偏不在家。于是我又来到村里的克新卫生室。克新和我是小学同学，卫校毕业后在村里开了卫生室。克新虽然是新手，医术却很高。克新立即拿着药具来到奶奶面前，经过一番诊断后，给奶奶挂起了吊瓶。

　　几个小时以后，奶奶奇迹般地睁开了眼睛，还慢慢恢复了神智。奶奶醒来第一件事就询问："鸡喂了没有？狗吃食了没有？"等挂完三瓶吊瓶，奶奶竟奇迹般地活了过来。克新弄得清泉大爷很尴尬。

　　可是活过来的奶奶再也没有起过床，一日三餐都是在床上吃，全靠父亲一口一口地喂奶奶。脱去寿衣的奶奶饭量却出奇的大，遗憾的是奶奶大小便失禁了，床上到处是屎和尿，姑姑前头洗，奶奶后边又……满屋都是异味，尤其是暖和天，异味更大，在院子里都能闻到臭味。除了父亲和姑姑照顾奶奶，大伯基本不到奶奶跟前。

　　奶奶意识不清，每天只知道吃饭，有时刚吃完饭，又要饭吃。谁也不认识，偶尔见了大伯叫"哥哥"，把姑姑认作姐姐，喊我"弟弟"。奶奶每叫我一声，我的心就像刀割似地难受！奶奶天长日久地躺在床上，翻身不便，身上开始糜烂了，而且全身发痒，奶奶不停地挠，把身体挠破好几处了，用什么药也治不好……

　　活过来的奶奶没过半年，又一病不起，躺在床上滴水不进，眼看着又到了穿寿衣的时刻。这次父亲没再让我去请清泉大爷，而是直接让我去找克新大夫。我急忙来到卫生室，看见卫生室的门锁着，一打听，才知道克新到外地进修去了，今天一早走的。情急之下，我只好来到老中医志堂家，志堂听说后，立即拿着药箱来到奶奶面前。经过把脉诊断一番后，志堂问父亲："老人家多大年纪了？"

　　"刚过完生日，八十四了。"父亲急忙说。

　　"不要再浪费医药费了，准备后事吧！"志堂肯定地说道。临走志堂又拖着长腔："没听说七十三、八十四，阎王不请，自己到嘛！"

　　众人听了志堂的话，就不再想法救奶奶了，于是围着奶奶，等奶奶咽气。之后，奶奶先是不住地吐气，然后吐白沫，最后咽气。从奶奶躺到门板上到咽气共用了两天一夜的时间。

　　给奶奶办"喜丧"那天，大伯和父亲、姑姑忙着招呼来我家吊唁的亲戚们，从他们那忙碌的身影中，看不出对奶奶的半点悲伤之情，只是恰到好处地嚎哭几声，好像奶奶到了这个年纪，就应该走似的。唯独我跪在角落里的稻草上，泪水打湿了我的裤子……

糖葫芦亓

这几年，城管大队整天在街上巡逻，严禁小贩在街上流动买卖。小贩们见了城管人员，就像老鼠见了猫，四处逃窜。亓德贵见了城管人员不惊不慌不逃，他是不怕城管大队的。

说起糖葫芦，我想诸位都不会陌生。将山楂逐个串起来，然后在熬过的糖水里一过，好，又酸又甜的糖葫芦做成了，一元钱一支，不是很贵，一般人都能消费得起。

说起来很简单，但是让你亲自去做糖葫芦时，你就会发现，做糖葫芦简单，做出好吃的糖葫芦难。

山后，我姑家的表哥亓德贵，精于此道，做出的糖葫芦远近闻名，色泽鲜艳，晶莹剔透，酥脆，不粘牙，酸里透着甜，甜里透着酸，即使八十岁的老太太也能吃上三五串。

我见过亓德贵制作糖葫芦。先挑选无病虫的新鲜山楂，用水洗净，晾干，一般卖家大都省去这一步骤。然后用竹签（市场上有专门卖的）将晾干的山楂串起来，先串小的，再串大的。如果不是这样，或从大到小，或大小参差，则减少了美观性。串山楂的时候，表嫂称好了砂糖，用水兑了，熬了起来。制糖葫芦的关键环节就是熬糖，这里有要点，要将水熬干，不能有烟冒出，否则粘牙；也不能熬得太干，否则颜色重且有煳味。掌握住火候，熬到糖液起泡均匀方可。将一串串的山楂在糖液表面浮滚一周，蘸匀后，放在玻璃板上。将糖葫芦在板上轻轻向后一拉，便会出现一层脆糖，称为糖翘。等糖液冷却后，糖葫芦便做成了。

这几年随着顾客口味的改变，亓德贵也时常将山楂煮了，钻其核，做无核糖葫芦，其工序就多了煮和钻核。有时亓德贵还将山药豆、核桃、海棠果用糖水蘸了做花样糖葫芦。

将做好的糖葫芦放在提包里，扛上用麦秸、杂草及塑料布捆成的草靶，就来到县城走街串巷。一支支穿满晶莹糖稀的糖葫芦，乱箭般插在草靶上，诱惑着来往的行人。

"糖葫芦来！"亓德贵破开嗓子一喊，就有男女老少前来购买。

这几年，城管大队整天在街上巡逻，严禁小贩在街上流动买卖，小贩们见了城管人员，就像老鼠见了猫，四处逃窜。亓德贵见了城管人员不惊不慌不逃，他是不怕城管大队的。

一个夏日的午后，生意惨淡，一沿街房哥们无下棋对手，正碰上亓德贵。两人开战，正酣，一城管干部来到亓德贵身后，问道："谁的糖葫芦？"

亓德贵头也不回，答："我的。"

棋友已很紧张，捅捅亓德贵，亓德贵一回头，才发现是城管干部，他以为是买糖葫芦的呢！来人说："不准占道、流动经营，罚款！"

另一个同来的城管干部捅了捅说话的，小声地说："这是咱局长的叔，光我就放了他好几回。"说着把亓德贵拉到一旁说："你卖是卖，别老是在一个地方，到别处转转，今天市里来检查，让检查组碰上了不好交差。"

照理说，识相的应该赶紧"开溜"，也就万事大吉了。可亓德贵仍无动于衷，仍下他的棋。

扛着糖葫芦下棋的亓德贵让检查的碰了个正着。其中一个领导模样的人掏出一元钱买了一串糖葫芦，陪同检查的县里领导们尤其是城管局的亓局长，面如土色，不知如何是好。

"好吃好吃，真好吃！好多年没有吃到这么好吃的糖葫芦了。"领导指着糖葫芦对身边的领导说，"有这么好的手艺应该做活品牌才行。但绝不能占道流动经营，这多影响城市形象啊！李县长你帮忙给协调一下门面房，店内经营。"李县长忙点头。

领导又问："师傅贵姓？"

亓德贵红着脸说："免贵姓亓。"

领导思忖一会儿说："我看名字就叫糖葫芦亓吧，你看如何？"

　　这下亓德贵是真的不好意思了，说："领导别麻烦了，今后我绝不在街上转悠了，我到农贸市场去，俺再也不给领导抹黑，不给领导添麻烦了。"

　　众人听后，都笑了。

　　亓德贵的门面房虽然没有开起来，但这事却在县里传遍了大街小巷，连城管局长的叔都到指定区域卖糖葫芦了，别人也就不敢上街转悠了，县里经营秩序好了起来。

　　当然，经这么一折腾，糖葫芦亓的名声也就更响了。

仇　人

　　还有一位同学一本正经地表演那时的班主任，手舞足蹈，声情并茂，正贴着黑板讲着函数呢，突然拿半截粉笔头扔向打瞌睡的学生，打的就是他自己……

　　同学玉果从微信上发来信息：晚上一块坐坐，顺便为你接风洗尘。

　　我说，昨晚不是才一块坐了？

　　玉果说，主要是为你接风。这个我明白，因为我刚刚在朋友圈晒了我到潭溪山旅游的动态。

　　潭溪山就在我们隔壁，世界短篇小说之王蒲松龄的故乡。这座山就像突然从地球上冒出来的一样，离我们这么近，居然最近才频频出现在我的视野里。那里最有名的当属玻璃桥了，网上流传着很多过玻璃桥的搞笑视频，印象比较深，所以就去感受了一下。

　　玉果是我的上级，平时都是我请他，印象中他没请过我一次。

　　我说，我身上这点尘还洗不着。

　　玉果这才说了实话，高中同学元海从广东回来了！

　　有朋自远方来不亦乐乎！我赶紧答应了。

　　饭局安排在小城最热闹的金典乡韵酒店。

　　金典乡韵的大厅，别致新颖，在这里你既可以看到琳琅满目的各式菜品，也可以近距离感受现场制作的特色小吃。所有的菜品，不是挂在墙上，印在册子上，而是生动地呈现在你面前，触手可及，直观醒目。

　　我穿过令人垂涎欲滴的点菜区来到二楼的包间。人已到齐，就几个人，除了

元海，其他几个都曾经在一起吃过饭，班主任也来了。

小城虽不大，但是有联系的同学就几个。我和元海来了个熊抱，上学时，我俩睡一张床，他上铺，我下铺。

菜就是普通菜，酒是玉果从家里带过来的。

几杯酒下肚，话匣子就被打开了，说的都是上学的事儿。事儿不大，大同小异，但我都喜欢听。

当然小事中也夹杂着一些逸闻，比如，三角恋，你追我，我追她。再比如，老师做辍学学生工作，劝他再回学校读书。又比如，桌子上有个同学自爆料，上了六年初中，还有一个自爆料，上了六年高中，两人惺惺相惜，等等，我都是第一次听说。

还有一位同学一本正经地表演那时的班主任，手舞足蹈，声情并茂，正贴着黑板讲着函数呢，突然拿半截粉笔头扔向打瞌睡的学生，打的就是他自己……

这时候，老师和学生已没有了往日的隔阂，一起兄弟般哈哈大笑。

接着就讲到了沉重的话题，有几个同学已不在人世了，有谁出了车祸，有谁得了病，还有疯掉的再死掉的。突然提到了陆长根，他也去世了！

这个名字，我印象太深了，这是我上学时的仇人。高中三年，我俩两年半不说话，我俩只要一说话就是吵嘴，有几次还差点动了手。

我打断所有人的话，问，陆长根是怎么死的？

班主任轻描淡写地说，膀胱癌，后来转移到了肾上。

啊！我的仇人超出了我的预想，他居然死了……我也设想了多种再见时的情形，但没有去世这一种……

我一时缓不过神来。

然后，同学们开始回忆陆长根。陆长根上学时偷着吸烟，明着喝酒，早恋过好几个女同学。高考那一年，考上了专科，没有去上；复读了一年，考的分数比去年更少了，无奈之下还是上了专科。

玉果转头跟我说，你那时不是跟陆长根有仇吗？

我答，是，全班人都知道。可是我却忘记了我是怎么跟陆长根结下梁子的。我就在饭桌上问，谁还记得我俩是因为什么事成为仇人的？

众人沉默了一会儿，思索了一会儿。

玉果说，那时你俩不是都喜欢王虹吗，勉强算是情敌啊！

我想了想说，追王虹前，我俩就不说话了。

元海说，记得那时陆长根不只跟你有仇，还跟学校里的痞子马小明有仇。马小明找了一伙社会青年要教训陆长根，这事也是轰动一时的校园大事件。后来，陆长根给马小明道了歉。

我想了半天，我跟这事没任何牵连。我在心里说，要说有，就是盼着马小明好好收拾一下陆长根。可惜没看成好戏……

这时班主任接过话茬说，是啊，那时都知道你俩有矛盾，但不知道有什么矛盾……同学们纷纷点头认同……

然后，大家就开始探讨养生事宜，吃什么好，如何锻炼，怎样保重身体，毕竟身体是革命的本钱！

最后，大伙敲定，年内说啥也要搞个同学二十周年庆大聚会。

我心想，等到聚会时，再找几个我俩的死党，深深探究一下，我俩是怎么成为仇人的……

嘱　咐

现在有一句非常流行的话，叫"能者多劳"，与以前的"能者多捞"来了一个一百八十度大转弯。到底是不是这样呢，赵家来了一把体验。

赵喜田就像他的名字一样，喜欢种田。不喜欢也没办法，赵喜田没有别的手艺和技能，只能靠"田"来养家糊口。

种田可以填饱肚子，但不能发家致富。种田下苦力不说，还要看老天爷的脸色。赵喜田极羡慕邻居赵四伯。赵四伯不吃力气饭，吃嘴皮子饭。一杯茶，一把尺子，台上一坐，说《杨家将》《岳飞传》《水浒传》等评书。赵四伯在台上口若悬河，听众在台下如痴如醉，可谓名利双收，活得挺滋润。

赵喜田在弥留之际，再三嘱咐儿子赵能，一定要学会一门拿手的技能，别在地里瞎折腾了。赵能理解父亲的良苦用心，父亲受的苦，赵能看在眼里，记在心上。在他二十五岁那年，跟村里的王木匠学了一手非常好的木匠活。赵能靠这手绝活混得有滋有味。

然而，赵能在五十岁的时候混不下去了，邻乡邻村的木匠活越来越少，大伙很少打家具了，大都买现成的。到家具厂工作吧，老板不要年龄大的。赵能非常羡慕同行李三，李三眼看木匠活不行了，转手就开了理发店，一年下来，收入很可观，活得也很风光。李三木匠做得好，理发水平也很高，这都是在学艺时学的。赵能除了会做木匠活，别的一无是处。

赵能在踏上黄泉路之前，再三叮嘱妻子要把儿子赵灵培养成全面多能的人才，只有这样才能适应社会的发展，才不会被社会淘汰。

妻子没有辜负赵能的期望，含辛茹苦把儿子供养上了大学。赵能拿了好几个专业的技能证书。因为赵灵学历高，又加上全面多才，大学毕业后进了机关，赵灵在单位什么工作都能干，什么工作都能胜任，大伙都知道赵灵是个多面手。时间长了，什么工作都分配给他，结果就造成了别人玩，他忙得要死的局面。而干得多，犯错的机会就多，犯错多了领导的印象就不好了。而那些闲着的人却给领导留下了很好的印象。赵灵干了一辈子的办事员，也没有提成干。有了自己切身的教训，赵灵在临走之前，嘱咐儿子："俗话说得好，干的不如看的，看的不如捣蛋的，学那专业技术干啥？爹干了一辈子，还不如那些游手好闲的。你可要吸取爹的教训啊！"

参加工作的赵财，嘴上夸夸其谈，可一做专业工作老出错，时间长了，人们就都知道，赵财是个"空谈"家，光能说不能干。下了岗的赵财在弥留之际，把儿子叫到跟前，说："你爷爷害了我啊，你可一定要学上一门专业手艺啊。"

战争和人

　　战争是残酷的。日本兵川岛被八路军打了埋伏，他没有选择投降，而是选择了逃跑，隐姓埋名生存了下来，还与老猎人产生了感情，可是身份还是暴露了……

　　日本兵川岛抱着枪蹲在卡车箱里。他在执行军务，正押解一批军火到离县城50多华里的镇据点。四辆卡车保持一定的距离在山间匍匐前进。

　　天渐渐地暗了，雪愈来愈大。突然，前面一辆卡车陷在了雪坑里，发动机嘶叫了几声，便熄火了。后面的三辆卡车随之也停了下来。

　　就在这时，山沟的两边响起了枪声，接着响起了呼喊声，虽然川岛听不清他们在叫什么，但他已意识到八路要劫军火了。

　　川岛跳下车，胡乱地开了几枪，他发现八路蚂蚁般的多，枪声也越来越密集，战友一个接一个地倒下了。川岛就匍匐着向沟外跑。

　　所幸，他身后没有跟来的八路。但他明白，他不能逃到据点，也不能逃到县城，到哪也是军法处置——枪决。

　　他就不停地走啊走啊，几天几夜地奔走，连他自己也不知道走了多远。他已经几天没吃东西了，漫天飞舞的雪花，把能吃的东西都掩藏起来了。终于，他在山沟里看到了一座茅屋。

　　经过侦察，他发现里面住着一位老猎人。老猎人四十来岁年纪，人奇瘦，三角眼，嘴上有两缕黑不黑、白不白的胡子。但他不知道，老猎人的老婆被日本鬼子杀死，女儿被鬼子轮奸致死。日本鬼子是老猎人不共戴天的仇人。

　　为了生存下去，川岛多了一个心眼，他把自己的军服军帽军衔以及枪支弹药藏好后，敲开了老猎人的门。

老猎人用飞禽走兽热情款待了川岛。

川岛同老猎人语言不通，但他们通过手势进行交流，相处得很融洽。

不久的一天傍晚，一群饿狼向小屋袭来。

老猎人清楚，装着散砂的猎枪对狼来说，是起不了多大作用的。老猎人示意川岛躲在屋里，由他出去对付狼。

就在老猎人与饿狼周旋的时候，川岛突然持枪出现，一只只狼死在川岛的枪下。狼在同伴不断倒下的恐惧中撤退了。

这下，川岛的身份再也不能瞒下去了，但川岛再怎么用手势表示，老猎人也不明白川岛是什么人。无奈之下，川岛穿上了军服，戴上了像屁帘一样的军帽。当川岛出现在老猎人的面前的时候，老猎人立马捡起地上的枪，瞄准了川岛。

老猎人简直恨死日本鬼子了，是日本鬼子把自己弄得妻离子散。老猎人的怒火从心中聚起，全部都聚到了扳机上，为亲人报仇的机会来了。

"砰"，枪响了。

闭着眼睛等待死亡的川岛仍完好无损地站在那里，子弹从川岛的头上飞向了天空。

新中国成立后，有人在街上听见，川岛管老猎人叫爹。

黄色短信

小赵新谈的对象肥猪很小气，不自信，天天担心如花似玉的小赵被人吃了豆腐，尤其是担心我这个直接上司会"勾引"她。这不就闹出了让人啼笑皆非的大笑话。

乡里小赵女士刚刚谈了个对象，是个公子哥，长得像肥猪，其貌不扬，但很有钱，光定亲就撂给了小赵三万一千八百元的人民币，小打小闹的就不提了。

与肥猪打了几次交道，发现他很小气，与其说小气，不如说是不自信，天天担心如花似玉的小赵被人吃了豆腐，尤其是担心我这个直接上司会"勾引"她。

事儿说起来，也怪自己不本分，经常与小赵开些半浑半荤的玩笑，平时开玩笑开惯了，人家找了对象了，该刹住了，可俺愣是没收住脚。

说了半天，还未及正题，这不，刚办了个联通卡，发短信不封顶包月的。俺发短信直接发疯了，难免又给小赵发了短信，难免有出格的。

这下惹怒了肥猪，肥猪不远百里来到乡里，猛剋了俺一顿，说什么身为高素质的领导，居然发下流短信，居心不良，再三追问俺到底想干什么？

我说，俺不想干什么，只不过开个玩笑娱乐娱乐，你不同意的话，俺不发了就是。

于是我将小赵的手机号码彻底删除，生怕"群发"时不小心把她给捎上了，再惹一身臊。

两个多月，我和肥猪相安无事。

这天，是星期六，突然想起要给父亲买件大衣，父亲放着一群羊，天又冷没大衣不行，买件大衣以表孝心。小赵家开着服装店，我身上穿的大衣就是从她那儿买的，反正从哪儿买也是买，与其让别人赚钱还不如让小赵家赚。肥水不流外人田嘛！

给小赵发条短信吧，我写道：麻烦你给俺捎件大衣，最好是黑色的，实在不行，黄色的也行，到时付给你钱。

不一会儿，一个电话打过来，一听是肥猪。他气势汹汹的，叫着俺的大名，吼道："你怎么不听，怎么又给小赵发不健康的短信？群发就群发，别把小赵捎上了！"

俺来了气，俺没发不良短信啊，俺简直比窦娥还冤，再三"强调"：俺没发不健康的短信。

"自己干的事问自己去！"肥猪"咣"地挂了电话。

我苦思冥想，想了半天，想起来了，我不是让小赵给我捎件大衣吗，里面有："黄色"！

买　房

　　房子是用来住的。这不国家出台了优惠政策，我准备换房住。可是满城找过房子后，才知道好房子难寻。终于找到中意的房子了还得抢……

　　那一年，房地产不景气，国家大力倡导房地产要去库存，出台了一些优惠政策，鼓励买房。

　　消息传来，立刻勾起了我换房的念头。当时我住的房子是两居室，面积小、楼层高，对我来说，换房是刚性需求。我积极响应，筹集了一部分钱把房贷全部还清了，因为这样才可以享受到首套房的优惠政策。

　　还清贷款后，就开始满城寻找好房子。所有新开的楼盘销售处，我和妻子都跑了个遍，小礼物倒是收了不少，比如纸抽、毛巾、挂历、钥匙扣等等。赚了不少小便宜，可是却没有一套中意的房子。

　　我和妻子发现一个规律，多层比高层抢手。可谓冷热不均，新楼盘开盘，都买多层的，高层的很少有人问津。一开始我对多层高层都认可，可是妻子有她的一套理论，比如，高层公摊面积大，物业费高，电梯还很危险，车位大都是地下的不方便，等等。我听后，也觉得怪有道理，于是就选多层，高层一律不考虑。

　　可是，转悠了大半年，仍没找到好房子。于是，妻子又找到房屋中介，开始打听二手房，那段时间，都是妻子跟中介在各小区看房，她看好了，我再去考察，可是没有一套我俩都认可的。不是非学区房，就是采光不好，不是地势不平，就是装修不中意，不是环境不好，就是太偏僻，不是楼层高，就是楼层矮太潮湿，不是无车库，就是没有储藏室……

那一天，妻子兴高采烈地告诉我，找到了一套好房子，我去看了看，果然挑不出任何毛病。地势平坦，户型得劲，楼层不高不低，楼前是空地采光视线佳，还不是楼头，周围无污染，环境好，房子是毛坯房，又不存在装修不中意的情况，还带地上车库和储藏室，停车位还免费，简直就是完美无缺。我和妻子的意见终于达成一致，那一刻，就像青年男女一见钟情，非她不娶。可是一问价格，又惊呆了，太贵了。中介说房主是位乡下老人，很固执，一分钱也不让。相中此房的人不在少数，都因价格而止步。我跟妻子合计，如果抛开交易费用，这套房子还是很值的。就是因为这些钱，这房子才没成交。

于是我们又重新回到找房大军，苦苦寻觅。一天晚上，我在浏览网页，突然看到，二手房交易由满 5 年调整为 2 年，这一调整可以节省好几万块钱交易费，我立即跟妻子说要联系那位房主，可以入手了。一开始中介还不知消息真假，不大情愿，可是新闻联播也报道了这条消息后，中介也很兴奋，说房主在乡下肯定不了解这个政策，赶紧把这事定下来，等他知道了这事，非要涨价的。于是中介联系好明天双方见面签协议。

可是第二天，天公不作美，下起了大雨，房主打电话说不方便来，要改一天，我果断地说，他来不了，我们直接开车去找他吧。经过洽谈，我们很快就签了协议，交了定金，买房这事，终于一块石头落了地。

又过了一天，中介说，幸亏那天下雨你们去了，要不你们买不到那套房子，有很多客户知道消息后都来问那套房子，还有出更高价的……

现在想想，这哪是买房啊，直接就是抢房啊。

管 饭

房子买好后，就面临着装修。装修公司进驻后，就面临着装修质量及吃饭问题。这两件事并不矛盾，但中间又有妻子掺和，就有了纠葛，就有了故事。

俗话说得好，"三十而立"。三十岁那年，我终于有了自己的房子。拿到钥匙那天很兴奋，就这里转转那里看看，盘算着如何装修。可是找什么人来装修，装成什么样，用什么材料？让我很纠结。后来，我和妻子经过一个多月地考察，终于敲定了装修方案，与装修公司签了协议。为了一次装好房子，我还特意休了10天带薪假。

装修公司进驻后，我就围着师傅转，一是看，二是帮着干，打打下手。很快到了中午，我热情地请师傅们到附近饭店吃个饭，有愿意喝酒的就喝点，我也不多劝，毕竟下午还得接着干活。

晚上回家，我跟妻子汇报装修进度，并用手机拍照让妻子过目。当妻子听说中午吃饭花了100多块，很是心疼。我说："听人家说，别人都管饭，伺候好了师傅，人家才能上心给咱装修啊。"妻子说："第一天管顿饭就行了，以后就别再管饭了。"

第二天，装修进展顺利，转眼到了吃中饭的时间，有了妻子的指示，我不准备管饭了，就虚让着说："师傅，咱们再去附近饭店吃个饭？"没想到，师傅听后，爽快地答应了。

晚上妻子得知我又管了饭，很生气，说："哪有这么一直管饭的！"我说，今天师傅教了我怎么砸瓷砖，我自己把卫生间的旧砖全砸了，听说要请人弄的话得花 200 多，你看管饭 100 多，不是还省钱了吗？妻子听后脸色才好看了些。但这回也下了死命令，还给我出招说：快到中午时假装有事，提前离开。

果然，那天快到中午时，妻子打来电话，我跟师傅说有事要先走，于是早早走了，没再管饭。妻子知道后很高兴。可是下午我到新房一看，阳台的鞋柜打大了，既难看又不方便，无奈，只得返工。这下可好，既浪费了材料，又耽误了时间。

有了这次教训，我不再听妻子的了，不就是个吃饭钱吗，现在生活水平都提高了，装修就这么一次，关键是把房子装得让自己满意，别有瑕疵才是关键啊。

于是，这饭我是管定了，还专找好馆子请。可能是师傅们见我实在，装修进度很快，质量也很高。最后一算账，刨除饭钱，还省了几千块。妻子一看，便不跟我计较了。

哈 酒

在饭局上，酒是一个非常重要的纽带，可以联络感情、增进友谊，还延长了吃饭的时间。饭局中，别人推杯换盏，觥筹交错，东倒西歪，窃窃私语，而李四正襟危坐，一本正经，众人皆醉而他独醒，显得没有深入群众被误认为耍清高。

李四是个不喜欢热闹的人，但又生活在热闹的环境里，用李四的话说，他是个尴尬人，半辈子时光基本上是在饭局上度过的。每次接到赴饭局的邀约，李四总是千方百计推辞，实在推辞不掉的就去热闹一回。

李四不愿参加饭局的另一个原因是，李四不喝酒。其实不是不喝酒，而是酒量不大，酒桌上，只要酒杯一端，就会身不由己，出尽洋相，所以李四坚决彻底地戒了酒。

在饭局上，酒是一个非常重要的纽带，可以联络感情、增进友谊，还延长了吃饭的时间。饭局中，别人推杯换盏，觥筹交错，东倒西歪，窃窃私语，而李四正襟危坐，一本正经，众人皆醉而他独醒，显得没有深入群众被误认为耍清高。这是李四不愿参加饭局的一个重要原因。

在李四的家乡，人们把饭局叫作喝酒。比如碰到亲朋好友结婚、生子、上学、搬家等需要庆贺的事，要么正式地发个请帖，几日几时在某某酒店举行某某宴席之类，这属于官方邀请。更多的时候是给你打电话，约你喝酒。来人在电话里寒暄一番，然后就说，谁谁搬家了，请你到金典喝酒，谁谁考上大学了，请你喝酒，谁谁二胎生了，请你喝酒，等等。这里的"喝酒"不是真喝酒，也不管你能不能喝，只是请你参加饭局而已。也有更随便的，就直截了当，上来就说："去豆捞吃火锅吧！"或者是："路边撸串去吧！"再或者说："去吃泡菜鱼去吧！"这些就比"喝酒"来得实在些准确些。

李四的乡党们还把喝酒说成"哈酒"，"哈酒"算是方言了，如果在异地他乡突然听到"哈酒"二字，就是碰到自己的乡党了。俗话说得好，"老乡见老乡，两眼泪汪汪"，忙端起酒杯跟老乡哈一个表达一下感情。

在饭局上还有一件重要的事，就是要形成自己独有的风格。比如张三特别能喝，王五只喝啤酒，赵六喝酒过敏滴酒不沾，孙七喝酒不能掺和，周八喜欢喝干红，吴九不喝高度酒，等等。有了自己的风格，安排饭局的人就有的放矢，避免尴尬，也省得推来让去浪费时间。李四的风格是戒酒多年了，李四的风格好啊，服务员来倒酒，李四用手捂住酒杯，或抢先一步倒上茶水，说："我不哈酒，戒酒多年了！"服务员拿眼看看主陪，主陪就点点头算是认可了。当然也有不知道李四风格的，再劝，就说："给李四倒上酒！"这时就又有人附和说："李四真不哈酒，还没见他哈过一次。"于是李四就真不用哈酒了。

凡事都有例外，李四参加有上司参与的饭局，就不那么顺利了。大多的时候，跟刚才的情景一样，李四不用哈酒。但今天晚上的饭局是李四的新经理主持的，李四的新经理不知道李四的风格。服务员依次倒酒，到了李四这儿，李四故伎重施，迅速将酒杯倒上了茶水。这次服务员拿眼看经理，经理眼一瞪，说："李四为什么不哈酒？"李四赶忙赔笑解释："我不哈酒，戒酒多年了！"旁边的同事也都帮衬着说："李四不哈酒，没见他哈过。"经理不给大家面子，问道："什么原因戒酒？"假如经理不在场，李四会笑着开玩笑："我，毛病不少啊！"随后解释，身体哪里哪里不舒服。一般人到这里也就不再追究了。可是经理拿眼瞪着李四呢，李四不能像往日一样开玩笑了。脑子里在飞快地思索着，要说一个能绝对不哈酒的理由。说身体不舒服，吃了头孢药吧，人命关天，理由很结实，可口袋里今天又没装道具，经理万一要证据，让拿出药，就过不了关。李四看了经理一眼，经理仍咄咄逼人，李四忙答道："我哈酒过敏！"哈酒过敏也不是闹着玩的，也关人命。到这里，李四心想，这回过关了。

可是，出乎所有人的意料，经理仍然不饶人，霸道地对服务员说："给李四倒上酒，让李四过过敏看看，要是真过敏，就别哈了，以后谁也别劝他；要是不过敏就得哈……"于是酒就倒上了。当晚，李四不仅没过敏，还哈了不少，有好

几个趴桌子底下了，李四还没事。再后来，别人都劝着不再哈了，李四还在跟服务员要酒呢。经理跟身边的人说："你看看，李四哪里过敏来，人不实在啊！"李四哈得正酣呢，突然听到这话，顿时酒就醒了大半。心想今晚可坏事了，遂假装又哈了一小会儿，就顺势出溜桌子底下去了。

李四回到家，像一堆泥似地躺在沙发上，嘴上不住地说："累啊，比刨二亩地还累啊。累还不说，经理对咱印象还不好了，同事对我也有了看法，以前不哈酒，是瞧不起他们，把人得罪了！"又说："这还不说，以后还得哈酒，今晚这酒哈的……"于是李四就怨恨起了经理。李四妻子看着李四，气不打一处来，说："你就是不哈，能咋的？"李四醉眼蒙眬："人在职场，端人饭碗，身不由己啊！"

可是过了不几天，传来好消息，中央有了八项规定，从省到市到县层层加了码，饭局少了，也简单了，中午还不让哈酒了。李四的家乡为了把规定执行得更到位些，规定中午晚上都不许哈酒，李四终于又松了一口气。

老　井

　　陈皮突然想起那口老井，便决定带着妻儿到山上去看老井。井还是先前的井，只不过多了一些沧桑。井旁的碑屹然矗立。井边是碧绿的菜畦，油菜花起伏，宛如邻家小姑娘的裙衫。

　　陈庄有一口老井。

　　井不偏不倚坐落在山腰，井里的水清冽甘甜，久存而不腐，生喝不坏肚，泡茶堪称绝，全村人都喝它的水。每到早晨，井前打水的人便排起了队，相互打着招呼。水从井里提上来，人们陆陆续续地挑着回家了，肩上的扁担"咯吱咯吱"地奏着交响乐。

　　陈皮特喜欢喝井里的水，三伏天水提上来，猛喝几口，能凉到心里，似吃了冰棍一般，舒服劲就甭提了。冬天，井台上的水便结了一层厚厚的冰，而井里却冉冉升起热气，如果你喝一口，并不炸牙。冬暖夏凉的水便是好水，井便是名井，十里八乡远近闻名，外村的人便慕名而来拉水，村人慷慨大方，并不干涉。也有人说它是神泉，喝了它的水能做大官，村里真真切切也出了几位像模像样的干部。

　　不过，神不神谁也说不清楚，但有一点是清楚的，即使天再旱，井水也不枯竭。陈皮听老一辈的人说，有一年天气大旱，别的井都干涸枯竭了，而这口井的水照样旺盛。别忘了这口井位于半山腰啊。

　　井是孩子的乐园，大人在井边洗衣、淘菜、侃家常，孩子们便在一边玩耍。一口井，亲了大人，乐了孩子。陈皮是个异常顽劣的孩子，爬到树上捅乌鸦巢穴，爬墙头捣乱，下河抓鱼，等等。总之，凡是能让小孩子精神亢奋的玩乐，陈皮都喜欢参与。有时大人累死累活担着井水就要到家了，陈皮抓起一把沙土，趁他不

注意，一下撒到水桶里，撒腿就跑。大人拿陈皮一点办法都没有，因为陈皮是个没娘的孩子，怪可怜的……当然有实在看不下去的，就会告诉陈皮的父亲。陈皮回到家就会挨父亲一顿臭骂和毒打。挨揍的时候，陈皮发誓再也不捣乱了。可一过去就好了伤疤忘了疼，又去捣乱了。

陈皮年龄大点了，懂点事儿了，就帮家里挑水。挑着水桶来到井边，等大人来了，央求大人把水提上来，守着大人，为了虚荣的面子，挑起水来就走，等走到无人处，放下休息休息。看见有人来了就又挑起来再走，一路上歇个三五回就到家了。有时天黑了，就挑半桶水，就不用歇了，一直挑到家。凭着稚嫩的肩膀把家里硕大的水缸盛满，博得大人几丝欣慰。

后来，陈皮的家搬到了山下，住房变了大模样，山下建起了自来水，家家户户把水引到院里。只要一扭水龙头，白花花的水便流个不停。但水质苦涩生硬，水锈又多。有个好处是用不着再到水井里去担水，却喝不到山上那清凉甘甜的水了。

1996 年，工作队进驻陈庄，经过走访与考察，决定将山上井里的水引到新建的水塔里。经过半年的紧张施工，陈皮又吃上了山上的"神"水。毛主席说过："吃水不忘挖井人。"村人在井边立下了一个碑，并为井起名"福源井"，以引导大伙吃水别忘了引水人。

再后来，陈皮去了外地上学工作，每次回家总是抱怨："外边的水里有股怪味，只要喝一小口，就会闹肚子。"陈皮的父亲就说："外边的水是消过毒的，土是碱土的……"陈皮端起碗，大口大口地喝着自来水里的水，感觉喝的像是上等的仙酿。

2016 年，陈皮父亲过生日，陈皮携家带口回到陈庄，发现家里喝上了纯净水。村里建了纯净水厂，这纯净水是用山上井里的水稍稍加工，并注册了商标，村里每家每月可免费领水四桶。陈皮从饮水机里接了一杯，尝了尝，这水比以前更甜更好喝了。

陈皮突然想起那口老井，便决定带着妻儿到山上去看老井。井还是先前的井，只不过多了一些沧桑。井旁的碑屹然矗立。井边是碧绿的菜畦，油菜花起伏，宛如邻家小姑娘的裙衫。

妻好奇地问同去的二哥，这几年有没有跳井自杀的。二哥不屑一顾地说："现在政策那么好，国家给农民免了税，削了费，种粮还有补贴，大伙也喝上了纯净水，生活这么好，谁还去投井自杀？！"

只是闲暇时，陈皮还会想到老井，那口老井是陈皮怎么也无法忘记的。1984年陈皮的母亲与这口井来了个亲密接触。

司　机

> 司机应该是局长的心腹、铁杆，可是人事局李局长的司机小朱却与局长格格不入，不仅不给面子，还处处对着来。李局长不辞退他，还是坚持用他，真是令人费解。

小朱是人事局李局长的专职司机。

每天早晨，小朱开着局长的皇冠车，不是去接局长上班，而是送儿子去上学。送完儿子去局里上班时，李局长已在上班了。

你可能要问，局长的家离单位挺近的吧，要不，局长怎么不坐车上班呢？错了，李局长家离单位有三里地，局长不坐车上班，完全是因为小朱送儿子上学与接局长上班时间冲突的缘故。

这天中午，因工作需要，我陪李局长到酒店陪客，李局长打通了小朱的手机，要小朱开车接送。小朱在电话里说："身体不舒服，睡下了……"李局长也不生气，和蔼地说："你睡吧，我打的过去。"可是，当我们到达酒店时，却发现局长的专坐正停在酒店门口，李局长尴尬地说："你看看，小朱在忽悠我呢，明明是在酒店里喝酒，却说睡下了！"

我忍不住说："李局长，你不剋小朱一顿？"李局长摇了摇头说："算了，算了，不管他，我们吃我们的。"

饭间，我去洗手间，却碰上了小朱，我想吓唬吓唬小朱，遂说："李局长在208呢，你不去敬个酒？！"小朱讪讪地说："待会儿过去。"

酒过三巡，菜过五味，谈兴正浓时，小朱破门而入。小朱随后坐下了，脸不红心不跳，很从容。李局长说，小朱来得正好，陪大家喝一杯。小朱遂端杯提酒，大伙一饮而尽。李局长没有端杯，小朱站起来，冲着李局长说："李局长，弟兄们都干了，你也给我扣了！"李局长在众目睽睽之下一饮而尽。

小朱半开玩笑地说："李局长，我给你开车开腻了，你给我安排安排吧！"李局长摆摆手说："先干着吧，临时不好办。"小朱说："李局长，我又不是让你提拔我当副局长，就是安排安排工作，弄个编制，看把你愁的，亏你还是人事局的局长呢！"

我对小朱的言行举止很反感，在回去的路上，我对李局长说，你看你的司机怎么这么猖狂，太不像话了，也太不拿你当腕了，找个由头打发了他算了。

李局长没有说话。

"是不是小朱握着您什么把柄，您不好摆平，才处处迁就他？"我小心试探道。

李局长说："我一不嫖，二不赌，三不拿，走得正行得端，小朱能握住我什么把柄？"

"是不是……小朱的根子很硬，有靠山，您不敢动他？"我又忍不住问道。

李局长说："小朱没有任何背景，是我到劳务市场招聘的。"

"那是为什么？"我更加不解了。

过了一会儿，李局长才语重心长地说：

"我身边不缺唯唯诺诺、溜须拍马之人，缺的就是快言快语、敢顶撞我的人。如果整天生活在下属大气不敢出的环境里，我怕我会把握不住自己，那样，终将走上不归路。我离不开小朱，也只有和小朱在一起，我才知道我不仅是个局长，而且还是个普通人。"

我的笨父亲

每次进城，父亲总会迷失方向。一位朋友听说后，说他的母亲也有过类似的经历，不过他母亲有一绝招，在各个路口、楼道口，留下只有她能够看懂的记号。

父亲二十世纪五十年代完小毕业，文化程度相当于现在的初中水平，论起来够可以的了，可在我的眼中父亲却很笨。父亲笨得连药品的说明书都看不懂，要让别人告诉他药吃几片才行，如果父亲忘了，他绝不会去看"用法用量"。在父亲眼里，食品的好坏全看外表，他不会仔细看看包装袋上的保质期及生产日期，好多点心都变质了，他还束之高阁当宝贝。

家里有台老式"北京"牌电视，选台（频道）要靠按频道按钮另加微调才能找到台，父亲只知道按，不会微调，按到什么台算什么台，如果信号不好，父亲就是不看，也不会去研究如何微调。

为了方便果园浇灌，我给父亲买了一台喷灌机，启动有点小窍门，连我十二岁的儿子都能启动，父亲说啥也启动不了。

最头痛的就是父亲进城，每次进城，父亲总会迷失方向。可气的是父亲到我家多次了，仍是找不到门，有次父亲背着一袋南瓜，找来找去，愣是没找到家门，最后只好挨楼挨户敲门，终于找到了一位熟人，不好意思之下，将南瓜留给了熟人。

一位朋友听说后，说他的母亲也有过类似的经历，不过他母亲有一绝招，在各个路口、楼道口，留下只有她能够看懂的记号。据说，他母亲再也没有走错过。我听后立即将绝招告诉了父亲，并且领着父亲作了记号，心想这下父亲不会再走错了。

　　一天，我正在上班，城区派出所打来电话，让我到派出所领父亲。父亲一见到我就说："我真笨，上次咱俩作的记号，我忘了是什么了，今天来到路口，墙上都有记号，三角形、方框、字母……什么记号都有，我找来找去，被巡逻的警察误认为是小偷了。"

　　我哭笑不得，原来，笨父亲不止一个……

　　当然，父亲也有不笨的时候。

　　以前我不经意间说的话，父亲却能牢记在心，隔一段时间就问我一下，有时候连我自己都忘记说过的事，父亲却如数家珍。

　　有时候，父亲给儿子讲我童年的事，时间能具体到某年某月某日某时。我说过什么话做过什么事，父亲都能丝毫不差地讲给儿子。

　　以前同学、同事、朋友到家玩，我都介绍给父亲，不管隔多长时间，父亲能准确地说出他们的名字及住址，还时不时问我，还跟某某联系吗？

　　很长时间不回家，父亲就会说出很多我身边的大事，有些连我都没听说过。

　　父亲的笨是有选择的……

丈夫综合征

我按方服一月，果然家中风云突变，战争频仍，内战、外战全面爆发，我屡战屡败，精疲力竭。现在方知：方子是他们为看我笑话而配，他们自己绝不会服用，我看，还是莫治丈夫综合征为上上策。

结婚不到一年，身边的同事、朋友纷纷说我患了新世纪丈夫综合征，且病情日益严重，经我望闻问切，自己诊断了一下。

原来，家对我来说，像是旅馆，隔三岔五，回去搓一顿，睡上一觉，没什么事就呆在单位，单位多热闹啊！可是自从我找了对象，特别是结了婚以后，我成了家里的守护神，买菜、做饭、洗衣服成了我的第二职业，因为买菜做饭做家务，老婆给我一昵称——AAA级保姆。因为天天洗衣服，同事们给我起了个绰号——澳柯玛。闲着没事就打扫卫生，窗要明，几要净，地板要一尘不染。晚上没不可抗拒的事绝不出门，电视比我大哥还亲，以至于不出名的演员也和我混了个脸熟。同学们见了我，问我是不是到了侏罗纪公园。我说我是小隐，小隐隐于家啊。

我越来越会哄人了，逢妻子问我衣服漂亮不漂亮，爱不爱她，愿意不愿意陪她，诸如说实话会引发事端及战争的问题，我都毫不犹豫地作出肯定的答复，并附之甜言蜜语，以博妻子欢心，以免妻子出现脸色难看、语言刺耳、家务罢工、垄断经济、缺乏民主等不良反应。否则长此以往，会造成家庭秩序紊乱，邻里关系失调以及阶段性购物大幅增加等严重后果。

我的精神活动空间也越来越窄。我，帅哥一个，气质非凡，从小就被阿姨们抢着抱，长大了被众女生追，婚前倒贴的妹妹一大把。现在可好，俺连在街上多瞅几眼靓妹的权利都被剥夺了，必要时俺还得将脑子里刹那间出现的"杂念"及时地向妻子汇报一下，以示忠诚。

我还有一烦恼，就是要每时每刻地琢磨藏私房钱的金库，金库固定了，容易暴露，皮鞋、内裤、袜子、垃圾桶等一切可以藏钱的地方都充分利用起来。有时我就在想，幸亏我还能赚点稿费，要不上哪找零花钱去！记得元旦那天，我收了二百元钱稿费，我将它埋在了花盆的泥土里。下午下班回来发现花盆没了，惊出一身冷汗，还得沉住气，好不容易才打听出花盆扔了，我又编了半天慌才有机会跑到垃圾池，那里哪有什么花盆了？

"老婆永远是对的"，是我对老婆的唯一处事原则。如果老婆错了，一定是我看错了。如果我没有看错，一定是我的想法错了。如果我没有想错，只要她不认，她就没有错。如果她不认错，我还说她错了，那就是我错了。如果她认错了，我绝不会当真。也就是这一原则，导致家庭内民主气氛不浓，出现"一言堂"现象，不过可以肯定的是战争明显减少。

在单位里总结出来的"早请示，晚汇报"的习惯也让我用到家里来了。此习惯有两大优点，一是能让我找到做事的方向，比如鞋子怎么放，杯子如何摆，窗帘如何挂等等，这些事如不按老婆指示办，定会惹老婆生气；二是有迷惑老婆之作用，凡事向她汇报，能满足她的虚荣心，麻痹她的思想，我好乘机捣点鬼。

郑板桥先生的"吃亏是福"，让我用到了极致。我专门到书画院花重金买了一幅郑板桥的真迹，高悬于厅堂，并买了一幅印有"吃亏是福"的徽章佩带于胸前，时时刻刻、见缝插针地吃亏。不管在什么时候，俺心里非常明白：吃亏是福，吃老婆亏更是福福福。"礼、让、和、忍"四军全面占领了我的大脑。

以上是我患丈夫综合征的一些症状，看来，我已病入膏肓，单位"过来人"开一偏方：读金庸《射雕英雄传》《鹿鼎记》《神雕侠侣》三部，领会郭靖傻里逗人、大事讲原则之妙，学习韦小宝机灵、卖乖之绝招，吸收杨过狂傲、愤世嫉

俗之优点；日服《孙子兵法》一部，熟背三十六计，彻底吸收"作战决胜"之精髓。我按此方服一月，果然家中风云突变，战争频仍，内战、外战全面爆发，我屡战屡败，精疲力竭。现在方知：方子是他们为看我笑话而配，他们自己绝不会服用，我看，还是莫治丈夫综合征为上上策。

动物园里的一幕

夜里，我做了一个梦：动物园铁门的大锁全都自动打开了，动物们都跑了出来。大街上，满是恐慌的人群；森林里，失去生存能力的动物饥饿地哀号……

动物园装修一番后重新开张，恰逢国庆节。为了吸引游客，动物园购买了一头公牛，准备放进虎园里，为游客上演牛虎争斗。

"你是谁？怎么跑进我的园里来了？"一只雌性东北虎瞪着眼前这个进入它领地的不速之客。

"你是谁？人们把我放进来，这片领地就是我的，你怎么会在这里？"放进虎园的公牛看着眼前这只陌生的动物，搞不清楚它是前来迎接自己的朋友，还是早已摆下"鸿门宴"的敌人。

老虎和公牛对上了眼，双方头对头互相注视着。

前来游园的市民"呼啦"一下子围了过来，瞪大了眼睛，想看看凶猛的老虎是怎样吃掉公牛的。一位游客说："这简直就是拿鸡蛋碰石头，我看公牛撑不了十分钟。"

老虎对眼前这个怪物很是气愤，一个侧身，从侧面向公牛扑来。

公牛这才明白，眼前这个长相好看的动物并非朋友而是敌人。公牛顿时拉开架势与老虎对抗。厮打了好一会儿，二者不相上下。终于老虎瞅准机会在公牛的脖子上咬了一口，可是公牛毫发无伤。原来，牛皮太厚，老虎咬不动。老虎累得大口地喘着粗气，趴在了地上。公牛看着对方奈何不了自己，就放心地在草地上连蹦带跳地撒欢。

看到这种情景，驯兽员又将一只雄性东北虎放进园中，可能是想让它在雌性东北虎面前一展雄风吧。可是，雄性东北虎看都不看公牛，就跑到雌性东北虎前"打情骂俏"去了，对公牛一点也不感兴趣。

"真没想到老虎会异化成这样！"刚才围观的那位游客叹道。

为了进一步吸引游客，训兽员又将公牛放进了狮子园里。因为有刚才得胜的经历，公牛望着狮子，竟然慢慢向狮子逼近。狮子一看到公牛这个庞然大物，顿时吓破了胆，躲着公牛仓皇而逃。狮子一不小心还摔了一跤，更甚的是，公牛竟撵着狮子逃窜而去……

游客们发出阵阵笑声。而我却笑不出来。古人云："生于忧患，死于安乐。"本是森林中的王者，却被"弱者"欺凌。这种生态链，是有悖于自然规律的。动物离开了自然的生存环境，被囚禁到这样狭小的笼子里，他们的生存能力、身上的野性在一点点地丧失。推而广之，生活在舒适的环境中，丧失了生存压力的其他动物，包括我们人，又何尝不是如此呢？我感到窒息，无法容忍这样一种人为的残忍和矛盾。于是，匆匆离开。

夜里，我做了一个梦：动物园铁门的大锁全都自动打开了，动物们都跑了出来。大街上，满是恐慌的人群；森林里，失去生存能力的动物饥饿地哀号……

装　修

　　这是一首有关办公楼装修的进行曲，同时也是一首时代发展的
进行曲，更是一条不归之路。然而事态的发展却在阿黄手里戛然而止，
这才是时代的进步。

　　阿黄刚参加工作，分配到了一个很偏僻的乡。那里房子是平房，不高，
用石头垒的，地面是用砖铺的，墙面是土墙，外面抹了石灰，时不时会掉下
一片来，屋顶是用编织袋封的顶棚，窗子是木头窗，院子里就是土地，院墙
是用石头砌的。

　　有一次上面来了位客人，跟阿黄说："你们这里太落后了，从远处看你们的
一排排的石头房子，像个猪圈！"但就是像猪圈一样的办公条件并未影响阿黄的
工作激情。阿黄天天早早起床，第一个来到单位，洒水扫地，抹桌子，烧水。那
时，跟阿黄一块参加工作的还有一位女同事叫阿静，阿黄天天比阿静早到一步，
弄得阿静很不好意思。

　　那时屋子里只有三张办公桌，阿黄和阿静连张办公的桌子都没有，只能坐排
椅。只有别人不在的时候，才能用用办公桌。阿静私下与阿黄嘀咕："领导也真
是的，连张办公桌也不给配上，一点也不体谅下属。"阿黄比阿静年龄大些，劝
阿静："刚参加工作，多干少说。"

　　第二年，单位财务状况有了好转，开始装修，铺水泥地面，刮仿瓷，安装铝
合金窗，吊天花板，硬化院子，添置了两套新的办公桌椅。阿黄和阿静那几天兴
奋得不得了，天天把办公桌椅擦得贼亮。有几次阿黄还在梦里笑开了花。装修后，
打扫卫生也省了不少力气。阿黄和阿静由衷地夸赞领导英明。但是冬天还得点煤

火炉，当然这个工作非阿黄莫属，阿静给阿黄做帮手。通常是阿静打扫煤灰，阿黄点炉子，那时一伙人围着火炉唠家常，侃大山，其乐融融。因为天天点炉子，阿黄还打破了一项记录，即用一张报纸就点燃了煤火炉。这事在整个乡大院成了茶余饭后的谈资。

又过了一年，单位的头头高升，又调来了一个新的领导，领导比较年轻，上任不几天，就大刀阔斧地进行装修。铺地板，刷乳胶漆，换真皮沙发，装空调，并且配上了一些电脑、传真机等现代化的办公设备。院子铺上了大理石，院墙也刷了漆。阿黄看着挺不错的办公室被装修一新，心里多少有点惋惜，但阿黄是个党员，明白与上级保持一致很重要。阿静反倒很高兴，毕竟办公环境又有了大的改观，整天乐得嘴里哼着小曲。虽然装修的气味很刺鼻，很难闻，但阿静根本不去计较这些。当然，他们比较满意的是再也不用点炉子、打扫煤灰了。一上班，打开空调，又干净又暖和，还很省事。

三年后，单位独立，又调来了位更年轻的领导，这位领导头天上任，围着办公区转了一圈，就开始烧第一把火，请专家设计了一个方案，盖办公楼。经过大半年的时间，三层小楼拔地而起，办公楼设计前卫，装修豪华，成了小乡一道亮丽的风景。单位一共 6 人，平均每 2 个人占着一层楼，房间太多，打扫卫生成了大问题。整座楼空荡荡的，偶尔门被风刮得"咣当"一声，吓人一跳。当然那些办公桌椅统统下岗，全都换上了崭新的高级办公设备。

然而不几年，办公楼主体出现了倾斜，成了危房。为了职工安全，单位在院子东边新盖了一排平房，经过装修后，职工就搬进平房里面办公。这时的阿静很反感装修，天天戴着口罩上班……而那座倾斜的办公楼成了同志们的"眼中钉、肉中刺"。

三年后，单位来了位学建筑的一把手，望着碍事的办公楼，想拆掉，重新建一座更有特色的标志性建筑。可是上面有规定，政府性的楼堂馆所不得新建。领导是学建筑的，也很聪明，亲自设计了一个方案，对危楼进行加固装修，几个月的功夫，硬是将"楼歪歪"给扶了起来。他们又重新搬进了"新"楼。这次，反感装修气味的阿静干脆请了半个月的带薪假。阿黄对装修也很反感，搬来搬去弄丢了很多重要资料……

过了几年，又过了几年，阿黄终于媳妇熬成婆，当上了负责人。宣布任命的当天晚上，同学大力来了。大力这几年开了个装修公司，效益非常好，说要装修一下办公楼，阿黄说："办公楼还不错，用不着装修。"可是大力走后，阿黄发现大力落下了一个黑色方便袋。

第二天，阿黄让司机给大力送了回去，并到处宣扬办公楼不装修……

办公室

办公室里有两个人在办公，一个正职，一个副职。求人办事的大都认准了正职，副职就尴尬了。副职有眼力劲，事件进展得就快；副职没眼力见儿，被动充当了纪委的角色，事件就进展得慢或无进展。真的尴尬。

单位人事变动。王五一从小乡调到了大镇，级别还是原来的级别，但这在官场上还是令人兴奋的好消息，他们把这种调动叫作重用。

报到那天，分管人事的副局长陪同王五一一块到单位，无非是介绍互相认识，然后强调一下团结，让王五一支持站长的工作，让其他同志支持王五一的工作，然后拍拍屁股就走了。

因王五一是副职，办公室就安排在了站长办公室。办公室是一间房，靠窗摆着两张办公桌，一桌一台电脑，一部传真机连着一部电话，两组沙发，一个饮水机，墙上挂着一个空调，房间里还养着一些花草，两棵发财树，一盆吊兰，最有特点的是茶几上一棵绿萝爬满了整整一面墙。

王五一的办公室与下属的办公室还是有区别的，别的办公室就好几人共用一台电脑，王五一有自己的电脑，别的办公室也有空调，但只是摆设，不能打开。这也算是级别的差距吧。

王五一办公室的门上有一块玻璃，玻璃上贴着一张报纸，报纸已泛黄，跟门很不相称，有几次王五一想撕掉它，但碍于初来乍到，没敢轻举妄动。

大镇毕竟是大镇，天天有人来拜访。

这可忙坏了王五一，客人来了要给客人端茶倒水，客人走后还要打扫收拾。

办公室里就他跟站长俩，站长总得拿点架子吧，再说就是站长不拿架子，做这些活，王五一自个也觉得不自在，外人也觉得不自在。原来在小乡时，大伙都挤在一个办公室办公，这些粗活都是办公室年轻的女同志做。不仅待人接客，而且每天早上，王五一还要打扫卫生，这哪是单位二把手啊，直接成了站长的秘书了。

这还只是小烦恼，还有大烦恼，就是那些带东西的客人来了更尴尬。他们的眼里只有说了算的一把手，根本没有考虑副职的，更没有考虑一般人员的。有时候因为王五一的存在，人家就不方便，不敢有所表示，就一直在哪闲侃，就问："文竹怎么长得这么好，有什么秘诀？"站长就开玩笑说："这东西也喜欢喝茶，你们走后，喂它凉透的茶！"好不容易手机铃声响，王五一就装作有秘密的事，借机出办公室接电话。客人就不闲侃了，随后就走了。有时候他就从抽屉里拿些纸，装作上个洗手间躲一下。有时候手上有紧要的工作，给客人倒上茶后就在那忙，人就闲聊，没有了异常的行为。王五一就想，他间接起到了纪委的作用。

单位上的司机老梁就趁单独的机会语重心长地劝王五一道："王站长，不要老呆在办公室，多上我们办公室坐坐，或出去走走……"王五一脸一下子红到了脖子根，没想到自己的正义之举被不惑之年的老梁给点了出来，怪不得老梁虽然年纪大了，却年年是优秀。

王五一不是听了老梁的建议才很少呆在办公室的，而是避免尴尬，省得人老是在那聊文竹……

即使是这样，仍有尴尬。有时候出去回来，刚进办公室，客人正跟站长在拉扯，一下子被撞见，那时候王五一就恨不能找个老鼠洞钻进去。随后就是站长表现正气的时候到了，将来人狠狠地教训一顿，再将拉扯的东西退回……这时王五一才庆幸，没有贸然将门上的报纸撕掉，原来报纸有这样的用处。

突然有一天，站长被检察院的同志带走了，王五一就很懊悔，他后悔没有监督好站长，没有做好站长的助手，让站长走上了一条不归路。

闲暇的时候，王五一就跟下属说："站长进去，也有我的功劳，如果我就是不给那些人提供便利，就是赖在办公室，站长也不至于此。"老梁说："其实这怪不得你，还是站长自己的问题，那些人想把礼送出去，办公室只是一个战场，办公室送不出去，那些人还会到站长家里去的，当然也有可能把站长约出来一起吃饭。"王五一听后，黯然神伤。过了好一会儿，王五一自顾自地说："至少，

至少，会差一些，说不定能挽救了站长呢。"

　　站长被带走不长时间，王五一就成了站长，任命刚刚下来，王五一就调整了办公室，把大伙都聚到了同一间大办公室。

　　那撕掉黄报纸的门就上了锁，从此，那间办公室就闲置了……

猎　狐

　　这是一个听来的故事，猎人与火狐斗智斗勇的故事。结果火狐的举动深深地伤害了猎人，亲手埋掉火狐后，富生砸掉了猎枪，从此不再打猎……

　　这是一个听来的故事。

　　黎明的天空，不明不白地亮着，山野被厚厚的雪裹着，远远近近的，都成了一样的景色。

　　猎人富生扛着猎枪，翻过一座山，发现雪地上有狐狸的脚印。他很想猎到狐狸，狐狸肉不好吃，可一张狐狸皮却能卖个好价钱。富生顺着脚印追了一程，他仿佛嗅到了狐狸的臊味，凭经验，这只狐狸已近在咫尺了。等他翻过一道山梁子，便发现了那只狐狸，而且是只红色的。太阳刚从山尖后冒出，阳光洒在狐狸身上，红红的背闪着光泽，好似燃着的一团火。这种狐狸叫火狐，它的皮在狐狸中是上等的，雪落在上面马上就会变成水珠，滚落下去，皮子一点儿也湿不了。如果铺在雪地上，一袋烟的工夫，雪就会化掉。这种狐狸极少，才显得十分珍贵。

　　富生的心激动得怦怦跳了起来。富生火急火燎地向火狐奔去，火狐却一直同富生保持着一段距离，刚好在射程之外。他快，它也快；他慢，它也慢。"老子非收拾你不可。"富生发誓一定要得到这张狐皮，可是他俩仍保持着一段距离。傍晚时分，火狐一闪身，钻进了树林，富生赶到那里，那里只留下了一片错综复杂的脚印和一股臊味。富生累了，收拾好猎枪，悻悻地回家。

　　突然，富生发现火狐就在路边的一块大岩石上，似乎睡过去了。富生立刻从

身上取出一颗独子儿，压在枪膛里。像狐狸这种珍贵的动物必须用独子儿，最好射中狐狸的眼睛，子弹从这只眼睛射进去，从那只眼睛射出来，不伤其皮毛，皮毛才能卖出好价钱。凭富生多年狩猎的本领绝对能做到。富生绕过了半个圈，找到一个最佳角度，举枪，瞄准，他只要喊一声，火狐一转头，就在转头的瞬间开枪，保证射中双眼。富生大声喊了一声，火狐转过脑袋，"砰"的一声，震得整条山梁都摇动了。火狐应声像一团火球从岩石上跌落下去。

富生从怀里掏出绳子，向猎物走去，他要用绳子把火狐的四条腿系起来，中间插一木棍，这样容易背。富生来到岩石上，低头望去，他不敢相信，岩石下什么也没有。富生向远处望去，火狐早已顺着沟逃出了百米外……

富生被激怒了，回到家，他把一些黄色炸药研成粉末，再把细瓷捣成米粒大小，混合在一起，用白面和猪油做成皮子，包在里面，制成中药丸子大小的圆球，操作时要慎之又慎、极其小心，稍有不慎，就会炸伤自己。这种玩意儿，只要狐狸一咬，顿时爆炸，马上就死，而且也丝毫不伤皮子。

那天放炸药，在白茫茫的雪地上，富生把炸药用雪包成一个乒乓球大小的圆球，用极其娴熟的手法轻轻一滚，滚到了十几米开外的地方，恰恰是前几天火狐走过的脚印中间。

过了几天，富生到山上察看，顿时，目瞪口呆：那畜生在圆球周围转了不知多少圈儿，远远地挖了一个坑儿，竟然把那颗炸药埋了！

富生真的生气了，发动全村猎人围猎火狐。有狗的带狗，人手一柄胡叉。野鸡出来了，兔子出来了，还有狍子、獾子，就是不见狐狸。他们放走了野鸡兔子这些可怜的家伙，一心一意就对付那只火狐。忽然有人大叫："狐狸！"这时，只见火狐从榛柴棵子里蹿了出来，又进了另一个灌木丛子。狗叫得更欢了，人喊得更响了，富生手拢成喇叭筒子，喊道："合围了哎，合围了！"于是众人拿了胡叉，敲得树"咣咣"响。

围子越来越小，那只火狐在林子里东奔西窜。这个时候它想突围已经是徒劳的了，围子最里边一圈每个人都是高手，每一把胡叉都能准确地按住它的脖子。富生又喊："撒狗！"大家手一松，十几条猎狗蹿了出去……

那安详站立的火狐忽地跳起，又猛地一退，身子就划在了尖利的木橛子上，美丽的皮毛顿时乱了，皮下流出红色来。接着它又是一蹿，又是一退……人们都果了，大家停住了脚步，跑近前的狗也乱了。木橛子变成了红色，那美丽的火狐也不再像个狐狸了，只是一个活蹦乱跳的血团子，等富生赶上前时，奄奄一息的狐狸已经残破得没有样子了。富生傻了……

　　亲手埋掉火狐后，富生砸掉了猎枪，从此不再打猎。

节能灯

在城里习惯了宽敞明亮的环境，回到老家，看到简陋低矮的老房子本身就别扭。到了晚上，15 瓦的灯泡就像是黑夜中的萤火虫，就更别扭了。我和妻还能凑合，儿子嚷嚷着要回家。

这几天，单位正在搞政府补贴节能灯的发放，原本市场价 10 元左右的节能灯，政府以 5 元低价推广给百姓。政府这样做，既能节约能源，又能拉大内需，而且还能让老百姓得到实惠，可谓一举三得。

我订购了 11 瓦的节能灯 20 个，这都是为老家的父亲订购的。父亲在家里还用着白炽灯，可用的灯功率比较低，只有 15 瓦，低得有点可怕。父亲用白炽灯的唯一理由是省钱，既省灯钱又省电钱。

逢年过节，携妻儿回家。在城里习惯了宽敞明亮的环境，回到老家，看到简陋低矮的老房子本身就别扭。到了晚上，15 瓦的灯泡就像是黑夜中的萤火虫，就更别扭了。我和妻还能凑合，儿子嚷嚷着要回家。于是我到村里的经销店买灯泡，没有节能灯，只有白炽灯，只好买了几个 50 瓦的灯泡。拿回家把家里的灯全换上了大灯泡，屋里顿时明亮了许多，儿子看到亮了，也不央求回家了，蹦蹦跳跳地唱起了歌……父亲看到屋里这么亮，直说受不了，而且不住嘴地说忒浪费。

然而，等我们再次回到家时，却发现父亲早已换上了原来的 15 瓦的灯泡。到了傍晚，父亲就像个做错了事的孩子又一个一个地再换上 50 瓦的灯泡。父亲说："要节约用电，不摸黑就行，以前我们是煤油灯，现在用电灯，就很好了。"

回到城，我便到超市给父亲买了节能灯。节能灯绿色环保，光效好、节电、寿命长。我告诉父亲这 11 瓦的节能灯亮度就相当于 60 瓦的灯泡，亮的时间越长就越亮，但不能频繁开关灯。父亲欣然接受了这一新生事物，毕竟这灯既省钱又明亮。正是这个节能灯在父亲和我们之间找到了平衡点。

可是过了很长一段时间，回到家发现父亲又用上了 15 瓦的灯泡。原来，父亲还想节约电，只要不在屋就关灯，这样开关灯次数就多了起来，节能灯就"提前退休"了。父亲到乡里去买节能灯，一问才知道节能灯贵得吓人。于是又回到了"解放前"，又换回了灯泡。

这样，给父亲供应节能灯便成了我的任务。这不，政府很会体贴咱老百姓，对节能灯进行补贴，想到了老百姓的心坎上。父亲听说这事后，高兴地说："还是社会主义好啊。"

抽烟的老吴

老吴喜欢抽烟，而且还很抠。我们整天取笑老吴来找乐子。可是自从去过老吴家以后，我们就很少取笑老吴了，尤其是小赵，收敛了许多。

老吴是我的同事，乡里竞争上岗时成了我们单位的一员。

老吴个头高，脸黑，整天穿着褪色的制服，不到五十岁，头发已全白了。老吴这个人没别的爱好，就喜欢抽烟，烟抽得很凶，一天至少两包烟。

老吴有一个招牌动作，见着抽烟的人，伸出中指和食指，作"V"字状，不明白的人以为祝别人成功，实不知这个动作是跟别人要烟抽。时间久了，只要老吴再作"V"字状，人们就开玩笑道："老吴又练二指禅了！"人们开着玩笑，仍扔给老吴一支烟。也有找乐的，也伸出中指和食指作"V"字状，冲老吴示威。每当这时，老吴就从口袋里拿出一个空烟盒在空中一摇，示意：没烟了。然而细心的人不一会儿就会发现，老吴从口袋里抽出一支烟，自个点上了。看来，老吴的口袋里每时每刻都装着一个空烟盒呢！

因为抽烟，老吴还出过一次糗。单位装修，领导买了一条烟，放在抽屉里，让干活的师傅们休息时抽，抽完一盒拿一盒，秩序井然。老吴也逮住了机会，也去拿烟抽，当他发现抽屉里还剩两盒烟的时候，拿出一盒，大声说道："就剩最后一盒子烟了！"说着随手将包装盒握成一团扔向垃圾箱。其实大伙都知道还剩两盒烟。刚来的小赵，却不买老吴的账，突然跑到垃圾箱，从里边拿出一盒烟，弄得老吴脸红脖子粗，尴尬地说："我看着没有了呢，怎么还有一盒？"小赵就说："谁不知道呢，你是准备都走了再去拿，吃独食呢！"大伙就都笑了。

老吴不仅在抽烟上抠，在吃上还抠。一次下乡，老乡家里有蔬菜棚，非让我们进棚摘黄瓜吃。大伙都觉着这是违反纪律的事，都没有行动。老吴说："早上没吃早饭呢，还真饿了。"说着，就不顾影响钻进老乡的大棚里，出来时手里拿着一根长长的黄瓜，一边吃一边往外走。本来一同去的人指望他能给大伙捎几根出来，没想到老吴只摘了一根，大伙很失望。突然老吴脚下一绊，来了一个趔趄，手中的黄瓜摔出去很远，再一看却是两只黄瓜。原来老吴把两只黄瓜接起来，用手握着接头的部位，当是一根黄瓜呢。中午吃饭的时候，老吴就不说话了，埋头吃饭。有人劝老吴喝酒，老吴推辞说："两年不喝酒了。"劝者三下五除二给老吴倒上一杯，老吴就不拒了，端起来大口喝酒，大口吃肉。这时小赵就开玩笑道："老吴，一块跟你喝酒都快两年了，还提'两年不喝酒'那档子事！"老吴不屑一顾，只顾吃饭。另一位就说了："吃饭的时候，别跟老吴说话，耽误老吴吃好东西。"当然，除了吃饭，其余的时间，老吴就是一直抽烟，用小赵的话来说，就是眼前有不花钱的烟，得赶紧抽，不然过了这一村，就没那一店了。了解老吴的人，也不跟他计较，仍然拿出烟让老吴抽。

有一次我们到老吴的村里去，老吴作为地主，就邀请我们到他家做客。到了老吴家，我才知道，老吴家属没有工作，两个女儿都在上学，大女儿在读大学，小女儿在读高中，正是花钱的时候，全家都指着老吴的工资吃饭呢。那时乡镇工资低不说，还发得不及时，困难可想而知，难怪老吴一直穿着以前的制服，制服现在已褪色，补丁摞补丁的。我心中有一个疑问，就是老吴原来在县直部门工作的，后来却到了乡镇，有点弃明投暗啊。我忍不住问老吴："你怎么不老老实实地呆在县直，却跑到乡镇了呢？"面对我的问题，老吴却失语了，好长时间没有回答我。领导在一旁开玩笑地说："那时老吴想当官了罢！放着轻松的活不干，跑到穷乡僻壤来当所长，哎，选择失误了吧。"老吴的脸黑里有红，说："哪里啊，还不是为了照顾家庭。"后来，我又听说老吴的老婆性格内向，不善与人打交道，就是平时到门市部打个酱油、买包盐都愁，都是老吴代劳，才知道老吴说的是实情。

从那以后，我们就很少取笑老吴了，尤其是小赵，收敛了许多。

后来老吴查出了肺癌，我们又去看望他，老吴的家属哭着说："老吴为了省点钱，天天不吃早饭，又喜欢抽烟，得这病，这都是命啊！"那时老吴已知道病

情，不上班了，在家休养。唯一与平时不同的是，老吴没有再穿着那补丁摞补丁的制服，而是一身崭新的西服，我们倒看着很别扭。老吴努力微笑着，并示意家属不要再说。临走时，老吴家属偷偷地告诉我们，医生说老吴的日子已不多了。

又过了半个月，听说老吴病情恶化了，住进了医院，我们又到医院去探望他。老吴身上到处都插着管子，说不出话。老吴勉强认得我们，看到我们，眼角流下了两行泪……

螳螂河畔

建水景公园的时候，父亲在河里开垦的菜地就碍了事，村里跟父亲商量要给些补偿。父亲听说后，说啥也不要，二话不说就收了地里的未成熟的菜。父亲学着电视里的人，夸张地说："绿水青山就是金山银山！生态治理，义不容辞啊！"

陈庄北面有一条小河，一直自西向东流淌着，亘古不变。

小河的名字唤作螳螂河，说起这名字，还有一个凄美的传说。很久以前，一对恩爱的螳螂夫妻，由于缺乏食物，几乎濒于饿死的边缘。痴情的公螳螂对心爱的母螳螂说："为了我们的爱情，为了我们爱情的结晶，请你把我吃掉吧！"母螳螂闻听此言，已泣不成声。公螳螂坚持着，说："只要你爱我，爱我们的孩子！"于是，母螳螂流着悲伤的眼泪无助地把自己心爱的丈夫吃掉了，保全并延续了它们的后代，愧疚难耐的她，终日以泪洗面，泪流成了河，便成了这螳螂河。母螳螂流尽了眼泪，从此螳螂的后代的眼睛总是透明鼓鼓的，却再也流不出一滴眼泪来了……

这故事听来，着实让人感动，似乎还有佐证，螳螂这昆虫的眼睛确实是鼓鼓的，也从未见它再流过眼泪。说到这你或许还不明白，什么是螳螂，其实说出它的俗名——刀螂，你就恍然大悟了。

在我的印象中，螳螂河是我儿时的主战场。

那时，人过河要踩着石头过，车过河要蹚水过。一个雨季过河的路要变换多次。有时候碰上连天大雨，到村外办事就成了难事……

在河里，逮鱼、捞虾、抓螃蟹是必不可少的必修课。逮鱼是用手逮的，赤脚

蹚在河里，水清澈见底，鱼在哪儿都逃不过我的火眼金睛，然后用两只手作半圆状，慢慢地向鱼靠拢，突然合上，鱼就落手了。就是鱼儿精灵些，逃离了魔掌，也不要紧，就成了下一次进攻的目标。鱼以白条鱼和沙里趴为主，沙里趴笨一些，比白条鱼好逮，但口感不如白条鱼香。虾是用笊篱捞，左手掀开一块石头，右手用笊篱急速地叉下去，再急速地捞上来，放在盆子里，活蹦乱跳的虾就一个个跳到了盆子里，剩下的全是泥、沙和石子，倒掉再开始下一轮。抓螃蟹要掀石头，掀石头要掀泥水交融的地方，掀开石头，就见螃蟹横着要跑，无奈跑得太慢，被收入桶中。有时候抓螃蟹，要挖螃蟹洞，顺着洞口挖，直到挖到螃蟹为止。

　　鱼、虾、螃蟹是儿时饭桌上很硬的菜，也是必不可少的美味。

　　最难忘的还是在螳螂河里游泳。游泳的地方也很简陋，就是因为地势的原因，在河里存下了一大汪水，这便是孩子们的乐园。比游速，比扎猛子时间长短，下饺子跳水……用各种姿势，像鱼儿一样游来游去……一天之中，除了吃饭、睡觉的时间外，其余的时间都在螳螂河里泡着，这地方腻了就换个地方，再不行就到邻庄游。累了就到附近的菜地里摘根黄瓜吃，碰巧了还能摘个西红柿美美地享受一下。果园里的桃子和苹果还在幼儿阶段，虽生涩但也别有一番滋味。在我的记忆中有好几次，差点就淹死了，但每次都很幸运地与死神擦肩而过……

　　记忆中最不理解的是父亲在河边造地的行为。那时河床很宽，村里分配的菜地外边，还有些许空间。父亲就在河边垒上大石头，当作地堰，再到河里采些泥土，运到地堰里，整成新的菜地，种些土豆、萝卜、茄子等家常菜。家里人口多，菜地少，这样做还真是很好的补充。当然，更多的时候是下大雨，河水暴涨，父亲新开垦的菜地被毁之一旦……父亲毫不气馁，等河水退去，用不了几个早晨，又是一块新的菜地，说不定比原来还要大些，种些应时的菜，比如白菜、油菜、菠菜什么的……

　　后来，村里经济条件好了，在螳螂河上架上了一座桥，再也不用担心河水冲毁石头路了。但上游的芦芽村却在河边建起了一座工厂，专门生产氧气。这时的螳螂河就遭了殃了，厂子排泄出来的废物直接流进了河里。这些废物散发出强烈的气味，风一吹，气味就弥漫在村庄周围，村民苦不堪言。在厂子附近的河里，整个河床都变成了绿色，河里的鱼、虾、螃蟹，一时间消逝得无影无踪……

　　对这事，意见最大的就数父亲了。本来浇园地，直接用桶把水泼到地里就行，现在这些污水已无法浇地了。父亲得绕很远才能挑上无污染的泉水，要浪费很多时间和很多力气。每次浇园，父亲就会发牢骚，骂骂咧咧的……

鱼、虾、螃蟹没的吃了，就连游个泳也没地方了，为了给父亲出口气，也给我们出口气，我们就趁他们午休的时候，翻墙去偷他们氧气瓶上的皮圈。皮圈一则可以配上个钩子滚着玩，二则可以在家里放锅子用。大人知道了也不嫌……还有的家长，见我们玩皮圈，就不厌其烦地劝我们一定要小心，别让人家给逮住了……

现在想来，这行径颇有点无赖或不耻。

记不清是哪一天了，突然间，氧气厂来了一伙大盖帽，就把这厂子给封了。

陈庄的人听到这消息后，奔走相告，喜讯在第一时间传遍了村里的犄角旮旯，村里的人都异常兴奋。还有人在街上放了几挂鞭炮庆祝，高兴得跟过年似的……

螳螂河又渐渐地恢复了先前的模样。那些鱼、虾、螃蟹是有灵性的，像是知道螳螂河又可以接纳它们了，就纷纷重生了……父亲在那些"懒汉"的带动下，也不到远处去挑水浇菜园了。

这几年，好政策接踵而至，要建设美丽乡村。村里的街道都硬化了，路边也竖起了太阳能路灯，走几步就有跟城里一样的垃圾桶，村里房子的外墙也被刷成了一样的颜色，家家户户的墙上都绘上了美丽的风景画和宣传画……

螳螂河也变了大模样，河两边都砌上了挡土墙，河里拦上了橡胶坝。坝里的水满满的，鱼儿在茂密的水草间"躲猫猫"。河两岸建了公园，栽上了花、草、树，建了休憩的凉亭子，装上了齐全的健身设施。闲暇的时候，在水景公园里，或锻炼，或垂钓，或散步，怡然自得，好不惬意！

建水景公园的时候，父亲在河里开垦的菜地就碍了事，村里跟父亲商量要给些补偿。父亲听说后，说啥也不要，二话不说就收了地里的未成熟的菜。父亲学着电视里的人，夸张地说："绿水青山就是金山银山！生态治理，义不容辞啊！"

众人听了，都咧开嘴，开心地笑了……

我的婶婶于桂花

有人的时候，于桂花说："都怪我，我单知道死鬼命大，喝酒喝不死，没想到……唉！早知如此我就给他找水喝……"男人听了，敛起笑容，知趣地走了开去。女人听了，叹息一番，眼角挤出几滴眼泪来。

中秋节前夕，我携妻带子回到老家，一路颠簸，累得迈不动脚。一进门，碰上我的婶婶于桂花。于桂花衣衫褴褛，脸上青一块紫一块的。她正在跟母亲唠嗑。

见到我，婶眼睛瞪得大大的，盯着我的包看。我想落个清静，连忙从包中掏出一盒月饼，拆开拿出来让婶婶吃。于桂花也不客气，接过来狼吞虎咽，三下五除二下肚。妻子问："婶，好吃吗？"

"好，好，好吃，比肉还香。"我听了，索性把一整盒月饼送给了婶婶，婶婶拿着月饼忙不迭地回家去了。

于桂花嫁到陈庄来的时候，没带什么嫁妆，当然叔也没有什么像样的房子，只有两间破草房。

他俩可谓门当户对，叔很腼腆，起初不肯与于桂花同房。白天一块吃了饭，晚上就住在我家里。半月后，叔才与于桂花真正入了洞房。

叔吊儿郎当，婶不会过日子。花生油刚打下来，家里也打了不少油，精打细算是够吃一年的，可于桂花一开始炒菜时，就一大满勺子，到后来，就只能一点点了，就是一点点也不够吃。所以日子过不好。

叔东屋窜了西屋窜，不是打牌就是喝酒；婶不懂得细水长流，什么东西都是一派吃完。因此于桂花家生活很拮据。

一天晚上，于桂花早早的睡下了，大约一二点的时候，叔摇摇晃晃地回来了。今天村里有家盖房子的，他做小工，主家管饭，叔吃饱喝足。

于桂花很讨厌叔喝酒，根本没管叔。叔半夜三更嚎叫，要水喝，于桂花不理。叔受不了了，爬起来，拿暖壶，暖壶是空的，叔又来到水缸边，水缸是空的。喝不到水，叔大骂，于桂花充耳不闻，呼呼大睡。

第二天，叔不省人事，于桂花方慌了，送叔到医院，抢救了一天，叔仍昏迷不省。医生说，病人的胃被酒烧得不行了。

三天后，叔醒了，嚷着怎么都来了，家里有狗有鸡，快回去，而且很坚决。婶看到叔无大碍，坐车回去了。

于桂花还在路上，叔又陷入昏迷，经抢救无效，撒手西去。看来他的清醒其实是所谓的"回光返照"。

从此婶于桂花过起了寡居生活。

有人的时候，于桂花说："都怪我，我单知道死鬼命大，喝酒喝不死，没想到……唉！早知如此我就给他找水喝……"

男人听了，敛起笑容，知趣地走了开去。女人听了，叹息一番，眼角挤出几滴眼泪来。

于桂花的儿子玉贵三十多了还在打光棍，下了班就窝在家里，不敢到人群里。有时迫不得已，到了人群里，人就问："玉贵啊，还不找老婆啊！"或者问："老婆什么情况了？"玉贵脸就红，红得像猴屁股。就连大年初一，他也藏在家里。

儿子找不上媳妇，成了于桂花的心病。

于桂花到处托媒人给玉贵说媳妇，毫无进展。

一天，于桂花打听到东乡葛家庄有个老闺女，而且这个老闺女是陈庄陈克花的侄女，陈克花嫁到了葛家庄。于桂花得到这个有价值的信息时已是下午，她吃了点东西，就上路了。于桂花不识字，不会骑车也不会坐车，就是会坐车，她也舍不得手中的钱，就步行。走的时候到村里门市部赊了两瓶好酒。葛家庄离陈庄二十公里，要绕过一座山，顺路走就远，于桂花年轻时去过葛家庄，知道一条近路，但要翻过一座山，于桂花就走的山路。于桂花算计着晚上能到的，但她忽略了大晚上的找不到路，走着走着就又走回了原处，就在山上转圈。一开始还不害

怕，但转了几个圈后，还没走远就害怕了，越害怕就越走错。干脆就不走了，找块大石头攥在手里，有野兽好应应急。半睡半醒地等到天微微亮才又动身。看见路，不走错，于桂花就很快到了葛家庄。

这时天刚刚明，但已经有早起干活的了，于桂花就盘问着来到了陈克花家。陈克花还没有起床，于桂花就敲门叫醒了他们一家。陈克花一看才知是老家来人了。听于桂花说明来意，陈克花惊呆了，为了给儿子找媳妇，于桂花走了一个晚上。她很感动，就一心想给玉贵说成这门亲事。

陈克花实心实意说亲，亲事就有了八成把握，陈克花又瞒下玉贵和于桂花的短处，就又有了九成胜算，老闺女又是陈克花的侄女，又是老闺女，这事就成了，但人家有个要求，男方要到女方过。

这时候，这些就不算条件了。

葛在美也很精明，接受了玉贵，但并没有登记。只是让玉贵在家住着过日子，也算试婚。

玉贵能干，有力气，这是她相中的地方。但玉贵身上的缺点也慢慢显露出来。比如不会说话，跟婶一样，喜欢说实话。有时候实话很伤人，让人很尴尬。这还不是主要的，她疼人吃，玉贵又能吃，这本不算毛病，这又不是五八年闹饥荒没的吃，能吃吃不穷，况且还能赚钱也能干农活。

赶回玉贵时，人家也好说好道，毕竟亲戚连着亲戚，就说："玉贵不顾人，八月十五，厂里发了两包月饼，他自己全吃上了，别人没吃一个！透过这件事看透了玉贵，指望不上。"

于桂花就说："你们光看他吃月饼了，他不给你们赚钱，不给你们当牛做马了，光进不出啊。"于是就不顾亲戚了，就吵，本来还想借机教训一下玉贵，期望能改过自新，重归于好呢，这就直接不让玉贵进家了，反正又没有登记。

这一闹，玉贵既损失了钱财，名声又更臭了，于桂花名声远播。玉贵又打了光棍。

后来，村里宝山在矿山开矿，塌方埋在了里面，老板赔了四十五万，宝山长辈拿了十五万，宝山媳妇得了三十万。宝山有两个女儿，宝山媳妇想找个上门的丈夫，于是玉贵就顺理成章地成了两个女儿的爹，一下子成了村里的首富。

有人的时候，于桂花就炫耀说："俺玉贵就是天生的富贵命……就是等着宝山出事的……"

路人听了，皆不作声，都逃也似地躲着于桂花……

回　家

可是等了两个多小时，车还没有来，大伙传递着一个坏消息，由于雪大，汽车过不了松仙岭了。松仙岭海拔高，满山的松树，十天有九天云雾缭绕，所以得名松仙岭。下雪天出门在外的人最头疼这个地方。

春运，一年一度上演，每到这个时候，陈皮就会想起那年的回家之难来。那时，陈皮还在外地上学。

临近春节放假，沂源老乡的"乡长"早已替陈皮买好了火车票，是晚上的车次，由于是过路站，没有座。五个沂源老乡混在高密度的人群中，挤上火车，窜了几节车厢，也没找到好的落脚点，只好在车厢连接处安营扎寨，留给陈皮的使用面积也就是两个脚底板。就这样，火车在茫茫夜色中浩浩荡荡地向前挺进。

火车逢站必停，每次停车，都是上多下少，空间越来越少，车厢里的密度快赶上混凝土了。每次上人，都是一种痛苦的冲击，陈皮觉得胸腔都快要挤爆了。这时候最怕上厕所，过道上的人太多，无法往厕所方向前进，就算过去了，也只能郁闷地等，因为厕所里也站满了人。

经过八个多小时的煎熬，终于到了目的地——淄博站，一下车才知道下了大雪。这时天已微微亮，陈皮赶紧赶到长途汽车站，排队买票。由于临近年关，天气又不好，人们都急着回家，排队的人很多，好不容易才买上了车票，发车时间是六点半。可是等了两个多小时，车还没有来，大伙传递着一个坏消息，由于雪大，汽车过不了松仙岭了。松仙岭海拔高，满山的松树，十天有九天云雾缭绕，所以得名松仙岭。下雪天出门在外的人最头疼这个地方。

　　不一会儿消息等到证实，车站开始退票。陈皮又排队去退票，就快要轮到陈皮他们的时候，一辆车前挂着"沂源"牌子的中巴车映入眼帘，陈皮跟着老乡又呼地往中巴车上冲，瞬间，车上已挤不进人了。好歹，沂源老乡全部都上了车，只是陈皮当时正在买报纸，晚了一步，没有抢到座位。这辆车是车主自己加班来的，车轮上绑了防滑链子。车主在车上大喊："这趟车要加钱，每人再加二十元，不加钱的下车。"这种行为是严重违反有关规定的，但没有人去计较这二十元，虽然这钱是车价的两倍。但是车严重超员，乘务员来检票，没有座位的只能下车，很不幸，陈皮无奈地下车了。

　　"乡长"赶紧找到车主说明和陈皮是一块的，不能丢下陈皮一个。好说歹说，总算是老乡，车主最后勉强答应了，他让陈皮赶紧去退票，退完票，再打的到前面等车，要避开前面的检票处。陈皮赶紧退票，退票又损失了一部分钱。退完票，陈皮又急匆匆地打的来到转弯处等车，这地方检票处的人正好看不到。打的又让陈皮花去十五元，好事多磨吧，最后，陈皮还是坐上了车。

　　一路上，车主还在不断地拉客，直到再也上不来人为止。车开得很慢，一路上碰到很多车祸，大伙都胆战心惊，好在车上人多，超载倒成了稳定车的优势。汽车蜗牛般爬到松仙岭就再也爬不动了。就在陈皮要绝望的时候，附近的村民来了，他们扛着镐头和铁锨，费了好大劲，才在路面上覆盖上了一层沙土，客车这才勉强通过了松仙岭。

　　到达村口时，已是傍晚时分了。陈皮拿着笨重的行李走下车，一抬头看到路边雪人一样的父亲……

面条儿

有时候，安子吃饭，碗吃不干净。娘就絮叨，跟你二叔学吧，到时候找不上老婆，别说没理调你！或者说，别说是娘的孩子，咱丢不起那人！

面条儿吃不上，一定要先抄一些给别人！

临走前，安子娘再三叮嘱安子。

今天是安子第一次抬嫁妆的日子。结婚的是本家一个哥哥。大的家具都用车拉着，小的家具就用人力抬，队伍排得越长越好。安子小，也就扛个板凳什么的，最关键的是凑个人场，图个热闹，图个喜庆。

果然到了新娘子家，满屋子满院子都是人，面条儿已在锅里翻腾，准备伺候抬嫁妆的人。旁边一个小锅里正做着卤子，卤子是用肉丝、鸡蛋、葱花、香菜等做的。将面条捞到碗里，然后再浇上卤子，香味一下子就出来了，平时哪捞着这么吃。安子嘴边就流出了涎水……

面条儿是稀罕物，平时基本吃不上，只有来了客人，剩下一点，才能轮着安子吃点。再就是到了安子的生日，安子娘才从梁上的筐子里取下面条儿来，把虫子筛出来，再卧上两个鸡蛋，安子美美地吃上一顿，就是最大的幸福了。

安子娘嘱咐让他把面条儿抄一些给别人时，安子是不以为然的，平时还吃不够，干吗还要抄些给别人呢？安子就多了一个心眼，问，为什么要这样做？

安子娘说，当年，你二叔就是因为一碗面条儿坏了一门亲事！

安子听后就来了劲，就嚷嚷着弄个究竟。

原来，安子二叔第一次走丈人家，未来的丈母娘给他下了一碗面条儿，安子二叔吃了一半，剩了一半。丈母娘就据此判定安子二叔缺个心眼儿，把定亲的信物退了回来，亲事就散了。

从此，安子知道，面条儿吃不完就意味着缺个心眼子！弄不好还会丢媳妇。

这时，面条儿端到跟前来了，满满的一大碗。安子就想起了娘的叮嘱，也想起了二叔的教训，于是就跟挨着的文明商量，把面条儿抄给他一些。文明正值壮年，饭量正大，三下五除二，抄去了大半。

这次，安子没缺心眼儿。

有时候，安子吃饭，碗吃不干净。娘就絮叨，跟你二叔学吧，到时候找不上老婆，别说没理调你！或者说，别说是娘的孩子，咱丢不起那人！

过了几年，又过了几年，安子就到了谈婚论嫁的年纪。那时，安子娘虽已病逝，但娘的唠叨仍在耳边萦绕。

第一次在对象家吃早饭，安子丈母娘端上来了一大碗面条儿，里边也卧着两个鸡蛋，看上去很香。安子也饿了，就开始吃起来，就忘了娘的忠告，结果咽到嘴里才知道这面条儿有问题，有一股怪味。或许是锅没有涮干净，也有可能是用的油是炸过鱼虾之类的，反正是难以下咽……

安子看看身边的对象，各方面都无可挑剔……

吃不了剩在碗里，这门亲事就黄了。可是硬吃下去又实在吃不下去。

这时候，安子就想到了他二叔。这才明白，二叔剩下半碗肯定也有他的苦衷……

这时候，安子再次想到了母亲的话，后悔没有在吃之前，抄出来一些……

于是安子就硬着头皮吃，用了好些功夫终于吃干净了，也吃出来了一头汗。正要松一口气的时候，胃里一阵翻腾，安子就往卫生间跑，可是还是晚了一步，吐了一地，出了洋相……

结果亲就吹了。

安子找到二叔，问当年，为啥没吃完面条儿？二叔说，人家木相中咱，明说啊！把面条儿里倒上了煤油，咋吃？实在吃不下去啊！

第三辑　生活五味

人生有百味，五味最常在。五味不断地丰富着人生，随着在时间长河中的积淀，五味终将慢慢趋向于平淡。

人生五味俱全，缺少了哪一种，都会失去原本真实的味道。生活在这个浮华和烦躁的世界里，怀一颗淡泊的心，食于五味之上，以五味调五感，平和于内，自在于心。

但人生如果没有五味，就算不上是一个有意义的人生。

对于五味，嗜好其中任何一种，都是一种偏执。生活的酸甜苦辣咸喜怒哀乐悲，需要时时中和骨子里的偏执，保持一颗平和的心态，才能坦然地面对生活。

也许在那些平淡真诚的日子里，只有懂得坚持，懂得放弃，然后才能淡看风起云涌，笑对人生百味。

我们得坚持着、用心着、努力着，生活才能幸福……

父亲的土地

父亲私下对我说："我是从旧社会过来的，经历过三年自然灾害，土地是衣食父母，没有了土地，就没有了农民。"我听后，很不以为然地说："现在我们早就加入了WTO了，国际上的粮食很便宜，可以从外国进口！"父亲不假思索并肯定地说："关系好的时候卖给你，那打起仗来了怎么办？"

父亲是个庄稼人，日出而作，日落而息，与土地打了一辈子交道。

父亲把土地看得金贵，五冬六夏与土地相依为命。母亲身体有病干不了重活；奶奶上了年纪又是小脚，只能在家做些饭食针线活；我和姐姐不是上学就是上班，只能帮些小忙，"半劳力"也算不上。因此那些重活、体力活就别无选择地都落到了父亲的肩上，五口人的地够父亲喝一壶的。

在我的记忆里，父亲异常地能干。那时候父亲用镢头刨地，他往手上吐口唾沫，一镢头下去，一大片土地就被翻了过来，然后再用镢头砸一下土坷垃，非常潇洒。我能抱动镢头后，曾学着父亲的样子刨地，才发现刨地并不是件容易的事，刨上几镢头后，便没了力气，就在一边做一些辅助性的活，比如捡玉米叶、扬土粪、撒化肥、砸玉米根上的土，即便这样，仍觉得累，不愿意干庄稼活。

强壮的父亲也有干累的时候，父亲在地头边歇息边唠叨："你什么时候长大啊，成了'整劳力'，我就轻快了……"我就在一边憨笑。父亲说过之后，也攒足了劲，便继续劳作。

父亲种这些地有些吃力，每次农忙，我们家是全庄最后一个忙完的。走在路上，庄人就以"还没种上啊！"代替了"吃了吗？"与父亲打招呼。父亲不以为

然，我却觉得很丢人。因此有时候就劝父亲不要再套种了，玉米中间的空隙还套种上豆子，麻烦啊；或者不要在地头上、地堰边种芸豆了，芸豆秧子爬得到处都是，本来就很忙了，还要专门摘一下芸豆，缠人；再或者种地能不能留条便道或者不要种到地边边，收庄稼时进不去出不来的。父亲听后说："人勤地不懒，种上就有收获。"父亲脾气很倔强，我的这些建议，他一条也没有采纳。

这些年，我和姐姐家没少吃套种的红豆、黑豆、黄豆等各种豆子，芸豆则大都用蛇皮袋盛着，一拿就是一袋子，吃不迭，就用水煮了晒干，冬天再吃。当然还有地堰和边坡上种的冬瓜、南瓜和葫芦，这些都算作有机无公害食品了，在城里很难买到的。地里的玉米、花生、白菜、萝卜、土豆、黄瓜，西红柿、茄子等只要能吃的，父亲就从地里运到老家里，挑选好的、新鲜的，再运到城里我和姐姐的餐桌上。更多的时候是我们拖家带口地回家聚餐，临走的时候大包小包地带回城里。

在一个秋天的黄昏里，父亲差点成了地主。陈庄村新干部走马上任，烧三把火，要重新分配土地。先把地全部收回去，按人口分好口粮地后，剩下的土地全部采取招投标的方式承包出去。那时候，庄里的年轻人大都在乡里的乡镇企业上班了，不大稀罕土地。投标的时候，父亲多了一个心眼，像标底是每年五十元的一块地，父亲就投五十一元或五十六元，那些地要么偏，要么贫瘠，庄里的人要么以为没人要的，就随意投个五十元，要么就加个整数，投个五十五元。结果一唱标，父亲就大都中了标，大半个庄的土地一下子到了父亲手里。父亲就成了庄里名副其实的地主，顺便成了全庄茶余饭后都在讨论的一个热点人物。

投标前，普遍认为土地无关紧要。但唱标后，知道自己一下子没了地种就都慌了神，纷纷到我家去诉苦，要么抹鼻涕，要么跟父亲要地种。一时间我家门庭若市，好不热闹。我听说这消息后，很是生气，这么些地怎么能种得过来？

我的烦恼很快就消失得无影无踪了。陈庄里的无地户，在招标榜里发现，庄里的好地都被村干部及其亲朋好友拿去了，就开始去乡里到县里闹访。一时间村里乱哄哄的，我们那个村也成了远近闻名的乱村。但怎么闹怎么访，这次招标合规合法，无任何纰漏。

这时父亲又站了出来，他从早年帮村里分地的资料中，找到了一份承包合同，那合同能证明承包地仍在承包期内，收回另承包是不合法的。消息传出来，村干部和无地户都在想方设法拉拢父亲。父亲没有犹豫，站到了村干部的对立面。于是这次调地就黄了，闹到最后，结果是谁的地仍由谁种。我的担心也随之烟消云散，父亲也没有当成地主。

父亲私下对我说："我是从旧社会过来的，经历过三年自然灾害，土地是衣食父母，没有了土地，就没有了农民。"我听后，很不以为然地说："现在我们早就加入了WTO了，国际上的粮食很便宜，可以从外国进口！"父亲不假思索并肯定地说："关系好的时候卖给你，那打起仗来了怎么办？"过了一会儿，父亲又补充道："毛主席曾说过，'手中有粮，心里不慌'！这个理在什么时候都讲得！"

之后，父亲因为这档子事得罪了村干部，也吃了不少苦头。但父亲从未对自己的正义之举后悔过。

这几年，年迈的父亲，对种地有点力不从心了，但他从没放弃对土地的依恋。每当播种和收获等农忙的时候，我都动员我和姐姐家的大人孩子，全部回老家帮力所能及的忙。

父亲坐在堰边的石头上，看着一地忙碌的亲人，咧开嘴，欣慰地笑了。一阵风吹来，田野里到处弥漫着玉米的馨香……

沂蒙山水果摊

县里注册了"沂蒙山"牌果品，水果摊生意红火。刘俊仁年龄大了就把水果摊转让给了翰林，结果翰林弄虚作假。刘俊仁坚决纠正，并语重心长地对翰林说："做生意要把目光放长远些，砸牌子的事不要做，树立起来的品牌要靠信誉去维护啊！"

退休干部刘俊仁在县城医院门口摆了个水果摊位，每天早晨从进城的农民筐子里收购些本地水果，然后卖给医院来往的人。刘俊仁不缺钱，因此水果价位不高，又加上果品质量好，生意特别红火。

后来，全县水果注册了"沂蒙山"品牌，果农按照沂蒙山果品质量技术要求生产水果，水果不是绿色食品就是无公害食品，档次上了一个大台阶，生意比以前更红火了。可刘俊仁毕竟岁数大了，有点力不从心，于是决定收摊息卦。

楼下邻居翰林听说刘俊仁不想做水果生意了，就想接手。翰林夫妻两人在机构改革中先后下岗，夫妻俩盘算着卖点水果好养家糊口。

翰林人老实，不好说话，找到刘俊仁，把意思挑明后就不言语了。刘俊仁说："就凭你三脚踹不出个屁来的性子，还想摆摊卖水果？"

翰林闷声说："卖水果又不卖嘴皮子。"

刘俊仁就因为这句话，答应了翰林的请求。

刘俊仁说："翰林，现在干什么都讲要树立品牌意识，你得给水果摊起个好名字啊！"

翰林道："早寻思好了，就叫'下岗工人水果摊'吧！"

刘俊仁厌恶道："不要动辄就拿下岗说事，赚人钞票，还赚人同情啊，我说现在水果大都是'沂蒙山'牌子的，干脆就叫'沂蒙山水果摊'吧！"

翰林爽快地答应了。

翰林夫妇能吃苦，态度又好，加上他们是一副老实相，水果生意果然就做火了。夫妇二人很感激刘俊仁，于是收摊后，就捡些新鲜水果给刘俊仁送去。可刘俊仁就是不收，说卖了几年水果闻够味了，夫妇二人只好把感激深深地埋在心底。

一天晚上，刘俊仁串门回来，看到翰林房里亮着灯，并且传来"沙沙"的声音。门没关严，他贴近门缝一看，见翰林正在箱子里翻捡水果，妻子将漂亮的沂蒙山商标贴在又大又红的红富士苹果的伤痕处。刘俊仁看后摇摇头，一声不吭地走了。

第二天，刘俊仁来到沂蒙山水果摊，翰林夫妇正忙得不可开交，看到刘俊仁后便恭敬地问老人家需要些什么，刘俊仁说："我要一箱红富士！"刘俊仁指定要贴了商标的红富士。

"别，别，有更好的，我给你取另外一箱。"翰林急着说。

刘俊仁很犟："我要走亲戚，贴商标的好看，送人重视！"

翰林夫妇有苦难言，一脸羞愧。

那天翰林生意一直做得无精打采，老婆实在看不过去，说了声："今天你还想不想赚钱？"翰林怒道："钱，钱，你就知道钱，良心被狗吃了！"吓得老婆再不敢多嘴。其实她也因为把坏水果卖给了自己的恩人，心里又惶恐又羞愧。

收摊回家后，翰林提着一袋子上好的水果来到刘俊仁家，临走才说了一句："我对不住您老人家，我怕您已把亲戚给得罪了……"

见刘俊仁不明白的样子，翰林又说："今天，你买的苹果全是坏了的，伤处用商标贴着，看不见，我对不起您，我退您钱……"

刘俊仁听后气愤地说："就你那点伎俩，还能瞒得过我，还在这里放着哩！"说着从床底下掏出一箱金灿灿的红富士苹果。翰林羞愧得无地自容。刘俊仁语重心长地说："做生意要把目光放长远些，砸牌子的事不要做，树立起来的品牌要靠信誉去维护啊！"

中国制造

女人去城里找丈夫，丈夫却在事故中死了，索赔中她遇到了重重阻力，赔偿金一降再降，她的要求和尊严也在无奈中一降再降……

他和她新婚不到一个月，他就出去打工了。

村里的男人几乎都到城市里去当民工了，地里的粮食实在是不能养活他们。

男人小学没毕业，刚好能认写自己的名字，就别谈写信了，至于电话、手机那些现代通讯设备，他们就可望而不可即了。他们只能靠想象对方来过日子。女人一天到晚在地里忙忙碌碌。

随着自己的肚子一天一天地凸起来，女人明白，一个新的生命正在酝酿中，她要做母亲了。

地里的活，女人渐渐地力不从心了，幸亏有年迈的公公婆婆帮忙。

就在新生命快要诞生的前一个月，女人心想，男人该回来了，他该有点责任心啊。

终于，女人等不及了，她抛开公公的劝告，固执地要去城市找自己的男人。

女人挺着肚子倒了三次车，来到了男人打工的城市。在好心警察的帮助下，女人来到了男人工作的工地。

工地上，塔吊旋转伸缩，机器的轰鸣声震得女人直想吐。

费了九牛二虎之力，才找到跟男人一块来的伙伴山根。山根一见女人就变得结结巴巴的。

女人问山根："我男人呢？"

山根欲言又止，好长时间没有答话，最后山根吞吞吐吐地说男人出去联系业务去了，三五天不回来，让女人赶快回家。

女人缠着山根要到男人的宿舍去等男人。山根拗不过女人。来到宿舍，可是女人怎么也找不到男人的铺盖。男人走的时候，带走的是一床用红被套罩着的红被子。

女人急了，再三追问下，山根才吐露实情：男人在工地上搬砖的时候，周转箱从塔吊上掉下来，把男人砸死了。经理说市里事故死亡人数就要超标了，不让外界知道此事，并告诫员工，谁把消息捅出去了，开除不说，不给工钱，连押金也不退还。

女人的眼泪线珠般跌落，女人的希望、依靠刹那间轰然倒塌。

过了一会儿，山根又吞吞吐吐地说，经理拿出一笔钱，说是补偿家属的，你去问问吧。

女人挺着肚子来到经理室，跟经理要补偿。经理听清来意说："包工头拿着给你准备的100000元补偿款逃走了，至今没有下落，施工方又不给施工费，公司再也拿不出钱了。"

女人说："俺知道公司也有难处，就给俺50000吧。"

经理说："50000也拿不出。工人还等着要工钱呢？上面下了文，民工工资不能拖欠，民工都追着我要工钱呢！"

女人说："10000吧。"

经理没有抬头。女人接着又说："实在不行就5000吧。"

女人觉得不能再降了，男人的命值5000，这在农村，够她过一辈子的了。为了这5000元钱，女人找了个便宜的旅馆住下，盯着经理要钱。可是经理的头一直摇着。

过了几天，女人身上的钱花得差不多了，孩子也快出生了。她又来到经理室。

女人说："俺不要5000了，您就给1000吧！"

经理早看出女人是个老实人，心里窃喜，他说："说我是个经理，1000元钱我都做不了主。"

女人绝望了，说："你们也挺困难，不给补偿，就把俺来回的路费给出了吧。

女人领出路费，坐三天三夜的车回去了。

茶　事

　　人生之旅其实就是一杯茶，把真诚与执着挥洒在人生的征途上，浸泡进人生的这杯茶里，中间也不乏挫折苦涩，但最后得到终是芳香扑鼻的好茶。

　　说实话，我对茶没有研究，对茶文化更是知之甚少。小时候看大人喝茶，嘴馋忍不住喝点，大人立即呵斥："小小孩家，喝什么茶！"从此，骨子里知道小孩是不能喝茶的。上中学的时候，从家里拿一罐子茶到学校，让同学们喝，有同学就问："是大叶茶？还是小叶茶？"我一本正经地看着杯子里泡开的大叶子，遂答："叶子挺大，是大叶茶。"同学笑而不答。参加工作以后，经常碰到好茶，如龙井、碧螺春、毛尖、铁观音等等，还有一些叫不上名来。凡是听说是好茶就泡上一杯，喝着玩。一次一位同事跟我开玩笑说："小陈，你这么瘦，还天天喝茶啊？！"我这才意识到我不适合喝茶，遂又把茶放下了。后来身体渐渐发胖，单位组织查体时，查出了不少毛病，有医生建议我可以喝点茶，从这开始，我摒弃前嫌，见茶必喝。

　　喝茶有喝茶的好处，但有时候觉得茶喝多了胃就不舒服，用老百姓话说：离心。因工作原因，外出较多，一到一个地方，人家首先要做的就是沏上一杯茶，这是最起码的礼节。为了不拂人好意，就端起来喝。大多的时候就喝清水，或者喝大枣枸杞菊花泡的水，倒也相得益彰。

　　不知什么时候，家乡小城竟也有了自己的特产茶，美其名曰：翠微。名字取得不错。茶叶来自风景秀丽的圣佛山有机茶园。

　　圣佛山以前去过，景区内群山连绵，植被茂密，溪流众多，瀑布飞泻，怪石嶙峋。最有名的莫过于下水帘，夏天的时候，水流清澈透明，急流飞溅，蔚为壮观。再加上远有子路讲学，近有沈鸿烈作诗，都给圣佛山罩上了浓厚的文化底蕴。圣佛山上还建有素质教育基地，是中小学生接受劳动实践教育的最佳场所。总之，圣佛山因山之秀、水之韵、石之怪，而闻名遐迩。

自古名山出名茶，这是一个规律。唐代杜牧作诗："山实东吴秀，茶称瑞草魁。"说茶是天赐地献之物。名山都有葱郁的森林，如烟的云海，长流的清溪。茶树生长在这样的环境中，向天吸取灵气，从地吸取养气，将天地之灵气，融入雾芽中，让茶拥有优异的品质。明代陈襄古有诗云："雾芽吸尽香龙脂。"说的就是这个道理。作为拥有"三高"（即高海拔、高纬度、高温差）的翠微茗茶，自一诞生就跻身名茶行列，受到知名专家的认可，成了继奥运苹果、有机韭菜之后沂源又一道靓丽的风景。

一个春日的周末，我们相约到翠微茶庄观炒茶，纯手工制作。茶庄坐落在水景公园民乐园里，极有情调。我是很兴奋的，这无异于大闺女上轿，头一回看一片树叶变成茶的过程。

现场已准备好了鲜叶，是刚刚从山上采摘运来的。因天气乍暖，新叶十分珍贵。炒茶的是一位姓高的师傅，来自名茶之乡日照，已全副武装，像一位要上手术台的名医，正在望闻问切，挑选着要入锅的鲜叶。锅已就绪，外木内铁，用电加热，环保卫生。温度200℃左右，将摊晾好的新叶倒入锅中，高师傅用两只手在锅中翻炒，有翻有抖有抛。虽是高温，但手毫发无损，可见技高一筹。这叫炒一青，将老叶嫩杀，嫩叶老杀，去叶中的青杆子气，还要保持固有的绿色。然后及时摊薄在篾盘上，散发热气，以防闷黄。随后就是太极功夫来了，揉捻，将叶卷成条。接着炒二青，炒三青。这炒青工序对茶的品质有决定性作用，好比炒菜时火候的把握。三青过后，就看到成型的新茶了。

茶桌上，沏茶的姑娘早已临阵以待，不一会工夫，一杯色泽绿润、香气浓郁的沂源翠绿茶，呈现在面前。我迫不及待地一尝，果然醇和绵长，沁入心脾。一时间，沂源水贵，路人皆来分一杯新茶，忙坏了沏茶姑娘。愈是这样抢手，茶喝得愈香。对新茶的品尝我是有切身体会的。我的家乡陈庄盛产小米，当季的小米就比陈米香一些黏一些。放过一宿的小米就没有刚推下来的香，因此，庄人都是现吃现推，随时保存新鲜感。当然，对于茶来说，现在都是真空包装，可以更好

地保存新鲜香味。

茶品完后，我们又在装修考究的茶室里，品尝到了苦涩的沂源红茶。红茶也是用的一样的茶叶炒出来的，只不过工序比起绿茶更复杂一些而已，比起绿茶更涩一些。其实，茶就跟生活一样，不只芳香，也有苦涩。

人生之旅其实就是一杯茶，把真诚与执着挥洒在人生的征途上，浸泡进人生的这杯茶里，中间也不乏挫折苦涩，但最后得到终是芳香扑鼻的好茶。

好的风景就在身边，好茶就在身边，幸福亦在身边。

老 秦

当老秦得知自己要到县农业局任职后，心里有些许安慰，艾山乡十二年任职，终于有了一个圆满的回报。同时老秦心里也明白，自己在农业局干不了几天就要退休了。

老秦是艾山乡党委书记。

早晨刚上班，就接到组织部的通知，贾部长下午来艾山乡。老秦几天来的预感得到了印证。老秦一个电话将秘书小周叫到办公室，不温不火地说："小周，你把报纸清理一下，拿到废品收购站卖了钱，交到乡财政所的账户上。"周秘书指着墙角一大堆报纸说："这些报纸您都还没看过呢。"老秦不耐烦地说："上面发的文件都看不过来，还有闲工夫看报纸！"

于是小周开始清理报纸。不一会儿，小周从报纸里清理出来两袋奶粉，忙向秦书记汇报。老秦一看奶粉，嘟囔道："这又不知道是谁偷放在这里的，我又不知道，送者这不是打了水漂么，唉！"老秦突然又想起了什么，补充道："小周，你看看过期了没有，没过期你拿去喝了吧，过了期拿去食堂后院喂了猪吧！"

小周刚办理妥当，老秦又吩咐小周陪他到东峪村看望特困户王五一。出发前老秦对小周说，你到街上割点猪肉，待会儿拿上给王大爷过年用。小周随口问道："割肥的还是瘦的？"老秦生气了："连这个你也问，不会自己看着办嘛。"小周忙点头连说几个是是是，突然又想起一件事问道："割几斤肉？"老秦生气地说："你看你看，又问。"小周忙咂了咂嘴，跑步去办去了。不一会儿，小周提着一个猪后坐回来，老秦看后说："这不是挺好嘛！"

探望完特困户王大爷，老秦又带着小周顺道去视察后坡村"村村通"道路硬

化工程。远远地，老秦就看到施工现场人头攒动，村民们正在填挖土石方，整理路基。唯独有一穿黄大衣者，站在那里，抽着烟观望。老秦问小周："站着抽烟的是谁？"小周说："好像是乡农机站的老吴。"老秦听罢，手一挥："回乡！"

回到乡里，老秦立即安排小周，马上通知所有到村指导"村村通"人员在乡会议室开会。等所有人员在会议室坐好后，老秦来到主席台上，拿眼挨个看了一遍，与会者顿时毛骨悚然，不知自己犯了什么错误，个个战战兢兢、忐忑不安。在这次会议上，老秦只说了一句话："从现在开始，所有到村指导人员一律脱下黄大衣，加入到施工队伍中去。"

开完会，老秦正在办公室批阅文件，一位满脸是血的人径直来到老秦办公室，对老秦说："你看看你的侄子把我打的。"来者是县科协李主任，路过艾山乡。原来老秦的侄子想搭李主任的车回县城，可是车里已是满满的了，再也坐不下人了。可是老秦的侄子非要车上下来一人，他好上去。李主任在犹豫的一瞬间，老秦的侄子上去朝他的脸就是一拳。老秦得知原委后，说道："我侄子打人，你不是到公安局去找，来我这里干啥？"李主任本想给老秦一个面子，同时让老秦管教一下他的侄子，却不想是这种结果，只好无奈地走了。

下午，组织部贾部长来到乡里，跟老秦谈话，组织上准备调老秦到县直机关任职。当老秦得知自己要到县农业局任职后，心里有些许安慰，艾山乡十二年任职，终于有了一个圆满的回报。同时老秦心里也明白，自己在农业局干不了几天就要退休了。

少女之心

这里的设施看上去像是农家乐的模样，菜是棚里的有机菜，油是地里花生打的油，炒出来的菜自然是农家菜，色香味俱佳。陈皮说附近村里有什么喜事，酒席就安排在这里……

那个周五的下午，我正伏在案头，盯着电脑，鼓捣枯燥的文字材料，眼睛干涩、痒，不是一般的难受。

突然接到陈皮的电话，让我一块到一个采摘园采摘。放到平时，我不愿参加这样的活动，我就是从农村出来的，是地道的农民的孩子，采摘的事，像掰玉米、打核桃、摘花椒什么的，以前搞得多了去了，干得够够的，对采摘没有多少新鲜感了。

但是，碰到现在的情景，我反倒很想出去放松一下，于是很爽快地答应了。

采摘园很大，院子中间是一个方的池塘，里边养着鱼，池塘北边是办公区，办公区后，并列建有一排温室大棚，种有黄瓜、茄子、辣椒、西红柿、芹菜等果蔬。正值盛夏，恰逢小柿子成熟了，我们就采摘小柿子。

棚里的小柿子有红的、黄的和黑的三种。熟透的小柿子一串一串的，像蒜瓣一样挂在枝头，煞是好看。小的像荔枝、桂圆，大的跟乒乓球一般大，看得我眼花缭乱。边摘边尝，各有风味，各有千秋，但我最喜欢黄色的，据说这个是舶来品，吃着脆、甜，略有酸味，给人一种回味无穷的感觉。

小柿子叫作圣女果，学名樱桃番茄，在农村我们把它叫作洋柿子，有生津止渴、健胃消食、补血养血、增进食欲的功效。还有人把它称作"少女之心"，我喜欢这个名字，这个称号与小柿子的品质相仿，令人玩味，我也喜欢吃"少女之心"。

以前在艾山乡工作时，那边也有种植的，很受欢迎。那时我们把它当作招待水果，也当作土特产送给到访的客人。当然这种行为现在已不允许了。但那时这样做，既做了推广，又帮农民销了货增加了收入，还给到访的人留下好的印象，可谓一举多得。

有一位到访的客人，一边吃着"少女之心"一边讲他亲身经历：有一位朋友送他两箱小柿子，他是第一次见，不知道怎么吃，只知道是西红柿的一种，就让老婆一刀两半，切开，打上鸡蛋，放上香菜，烧了一锅西红柿鸡蛋汤。后来才知道，这种小西红柿是当作水果来吃的。

笑话一样的故事讲完，在场的就哈哈一笑。

当然，那段时间，我也借近水楼台的便利，没少吃"少女之心"，那是一段幸福的日子。与小时候比起来，一个是天上，一个是地下。

我小时候能吃的水果不多，也就是杏、野葡萄、车离子等野果子。那时物质不丰富，狼多肉少，一个有野果子的地方不知被多少人光顾，所以吃上的机会就不多。苹果、梨、桃、山楂之类的，连想就不用想了，一年也吃不上几次。

于是洋柿子这样的菜就成了我们的水果，但当时的菜也不像现在这样丰富，给人的印象就是种的少，结的更少，何况大人还把它当作菜吃呢。于是几个小伙伴就盘算着偷洋柿子吃。

白天踩过点，知道谁家种着，在哪里种着，从哪里进去，怎样偷方便，等晚上再行动。到了晚上，天上没有月亮也没有星星，黑，又没有手电，就摸黑偷。好不容易进了园地了，又找不到哪个是熟了的柿子，就摸大的摘，口袋塞满了，装不下了，就逃离作案地点，与望风的伙伴们分享，也来不及找地方洗一下，就用手或衣服擦一下，"咔嚓"一口下去，才知不熟，满嘴的青涩味，虽然口感不好，但还是坚持把它吃完。

有时候馋急了，白天也下手，一人把风，另外一人实施。那时我没有心眼，又愣，每次我都是实施者，算作主犯。偷出来就分着吃，分吃时就没有了主从之分。偷东西吃刺激，格外香。大多的时候，大人不知道，但也有被发现的时候，就没命地逃跑。

俗话说得好："跑了和尚跑不了庙。"人家就找到家里，把几个作案的人聚到一起，盘问是谁偷的。这时伙伴就把我卖了，指着我说，是我偷的，他们只是望风而已。事实确实如此，我也不反驳，也没法反驳，于是就是家长一顿暴揍，那个疼啊，刻骨铭心。被偷的人家在一边看着打得差不多了，也解了恨了，才开始劝阻，家长这才停手。就问："以后还偷不？"痛快答："再也不偷了！"这才算告一段落。过几天又偷，又打；再偷，再打……童年就是在偷偷打打中度过……

这时陈皮突然拍了一下我的肩膀，把我从记忆中拉了回来。他说："你这大作家，可得帮我一把，我到这个村挂职第一书记了，我想多发展一些这样的采摘园！你可好好写点文章，帮我宣传宣传啊！"

我这才明白陈皮的用心。

陈皮说："这里的菜，不打药，不抹药，不用化肥，用的是杀虫灯和沼液。杀虫灯是物理的，沼液是养殖畜禽粪便转化而来的，沼液还产生沼气，沼气又可用于做饭和照明，很环保，这样的菜就是有机绿色无公害的。"

中午吃饭是在池塘南边的餐厅里，这里的设施看上去像是农家乐的模样，菜是棚里的有机菜，油是地里花生打的油，炒出来的菜自然是农家菜，色香味俱佳。陈皮说附近村里有什么喜事，酒席就安排在这里……

远处，树上的知了欢快地叫了起来……

老崔醉酒

逢酒必醉的老崔酒后忘记关鸡门，结果便宜了黄鼠狼，被老婆狠狠说了一顿。这不，又逢酒场，老崔这回吸取教训，亡羊补牢，关了鸡门，却闹了个笑话。

老崔嗜酒，但酒量不大，只要喝酒，就会喝醉。

一天下午，老崔约了几个朋友到家中喝酒。老伴炒了几个拿手菜后，便叮嘱老崔："少喝酒，晚上别忘了关鸡门，我回趟娘家。"老崔巴不得老伴不在家，省得耳朵受唠叨之苦，也好跟朋友们喝个痛快，于是爽快地答应下来。

酒逢知己千杯少，没了约束的老崔喝了个酩酊大醉，就别说关鸡门了，就连朋友是什么时候走的，怎样走的，老崔都浑然不觉。当天晚上，黄鼠狼揪了个好机会，咬死了两只鸡，背走了一只鸡。

第二天老伴回来后，把老崔骂了个狗血喷头。老崔暗暗发誓，下次一定要关鸡门。

过了几天，又过了几天，几位朋友又来老崔家打牌，老崔留朋友吃晚饭。恰巧老伴又要回娘家，老伴炒好菜后，收拾妥当，临走又嘱咐老崔："一定别忘了关鸡门，上次让黄鼠狼弄死了三只鸡，这次再忘了，叫你吃不了兜着走！"

老伴走后，老崔生怕忘了关鸡门，拿笔在床头上、桌子上、门框上写上："勿忘关鸡门！"惹得朋友们开怀大笑。

逢酒必醉的老崔这回又醉得不省人事，不仅鸡门忘了关，大门也忘了关。这次还很幸运，黄鼠狼没有光顾。老崔醒来已是第二天清晨了，老崔睁开眼睛，看到床上的"勿忘关鸡门！"立马跳下床，跑到院子里去关鸡门。

由于鸡门没关，鸡早已从窝里出来了。而老崔以为鸡没有上宿，便在院子里撵鸡上宿，当然，鸡是不会回窝的，结果老崔弄得鸡飞狗叫。

邻居早晨上班，经过老崔家门，遂问老崔这是干啥？

老崔说："你看这些鸡，天都快黑了也不上宿，我这不是逮鸡，好关鸡门啊！"

朋友来了短信息

手机短信时代，发个短信沟通一下，再正常不过了。这不，本分老实的刘俊仁发短信来找我玩，赶紧备下好酒好菜，尽一下地主之谊。结果却被刘俊仁耍了。

开会的时候，手机在口袋里不安分地叫了起来，会场里所有的人齐刷刷看着我，我尴尬无比，刚开会时，主持人就严正声明要关机的。

开完会，一开机，"嘀嘀嘀"来了一串短信，打开一看，全是同事小刘发来的黄段子。我用了三分钟，给小刘回了一条："别理我，正烦着呢！"

这年头，手机普及了，短信息便应运而生，人们整天探讨哪种手机卡发短信便宜，什么"动感地带"了，又是什么联通几十块钱不封顶包月啦，而且还有发短信挣话费的好事。联系个事发个三条五条，而且每条70个字，还以为省了话费；其实有事，打个电话就能说得清清楚楚，真是不明白啊。

快下班的时候，手机又"嘀"地来了条短信，屏幕上赫然显示：刘俊仁。那是我大学的同学，在邻市工作。刘俊仁在校时循规蹈矩，本分老实，和我是铁哥们。我们有一年没联系了。现在他也学会发短信了。我打开一看：

"明天有空吗？我想去找你玩，你到车站接我吧，早上十点准时到，风雨无阻。"

"有朋自远方来，不亦乐乎？"我立即打电话告诉妻子，好友要来，并让她在夜上海大酒店预订一桌酒菜。明天中午，我要和好友好好叙叙旧，顺便让我妻子也认识一下刘俊仁。

第二天上午九点半，我就来到了车站，等刘俊仁。可是等了一个多小时也不见朋友的影子，心里焦急万分。心想，莫不是路上出了什么岔子，再等会儿吧，到时再不来我就打电话问一下。

在这期间，妻子打了两次电话问我来了没有，我对妻子训斥道："少浪费电话费，刘俊仁说要来，肯定会来的。"

可是半个小时后，刘俊仁还没来。我等得不耐烦了，拿出手机，给刘俊仁打了个电话，问道：

"到哪儿了？"

"什么到哪儿了？"好像刘俊仁有点不大明白。

"你不是说今天来找我玩吗？"

听筒里传来了刘俊仁爽朗的笑声，他说："我发的短信，你没有看完吧！"

我打开短信，才发现在"风雨无阻"后面还有空，一下翻，看到一行字：

"不过，我怕人多不好认，你把头发弄成爆炸式，右手拿个木棒，左手端个瓷碗，与我联系，接头暗号：行行好！"

这个刘俊仁，这是在耍我玩呢！

赵四伯之死

做官的儿子贪污受贿被双规，父亲听说还上钱，罪行可减轻，就捡破烂为儿子还钱。当儿子在狱中听说后，老泪纵横，后悔不已："儿子的腐败是对父亲最大的不孝啊！"

天没亮，村支书老潘来敲赵四伯家的门。

老潘说："你儿子今天回家，快点起来拾掇拾掇，待会儿乡里党委周书记要来你家接待你儿子。"

赵四伯不解地问："我儿子要回来，我当爹的不知道，你们却知道了，这是咋得了？再说，就是接待儿子，哪要你们接待啊？"

老潘笑了一下，说："谁让你儿子是个大官呢？"

这话让赵四伯很受用，赵四伯单知道，儿子在省城做官，却不知道儿子是个大官。但赵四伯知道，儿子工作很忙，很少回家。这，赵四伯很理解，俗话说得好啊，"官身不自由"啊。

不一会儿，乡党委周书记从轿车里钻出来，冲着赵四伯问寒问暖，夸赵四伯培养了个能儿子，为乡里争了光。随后，周书记、老潘和赵四伯一起到村口去迎接赵四伯的儿子。

村口，一辆辆高级轿车缓缓向村里驶来，前面有一辆警车开道，煞是壮观。所有在场的人啧啧称赞，夸赵四伯教子有方。

车停下后，下来一个个将军肚，周书记一一向赵四伯介绍，什么市委书记、市长，县委书记、县长，市交通局局长，县交通局局长，等等。赵四伯鸡啄米般地不住点头、握手。然后，司机们一个个从轿车后备厢里搬出一箱箱的东西，有的还留下"红包"。赵四伯的儿子很得意，赵四伯却不解了。

赵四伯一清点，共有茅台酒八箱，五粮液酒十箱，中华烟十六条，红包十二个。赵四伯不知道烟酒值多少钱，却知道钱不少，因为赵四伯从来就没见过这么多的钱。赵四伯再也坐不住了，把儿子叫到一边说，咱不能要人家的这些东西，"吃人嘴短，拿人手软"，统统给人家送回去。赵四伯态度很严肃，也很坚决。儿子只好点头答应。

待众人走后，赵四伯才知道儿子是省交通厅的副厅长，权力很大，再加上那天收到的东西，赵四伯怕儿子经不住诱惑，会栽跟头。第二天，赵四伯带上他的全部积蓄，辗转来到儿子家。赵四伯与儿子约法三章：一不吃请，二不收礼，三不为家人办事。临走，掏出二千四百元钱，深情地说："儿子，钱不够花了，花爹的钱，别花别人的！"

然而，一年之后，赵四伯却听说，儿子被双规了。据说儿子是因为贪污受贿而双规的。赵四伯还听说，只要还上了贪污受贿的钱，儿子的罪行就会减轻。

赵四伯立即收拾妥当，来到城里捡破烂，替儿子还钱，赵四伯相信，早晚有一天，他会攒够钱的。

当儿子在狱中听说，父亲在捡破烂攒钱为自己还钱时，老泪纵横，后悔不已："儿子的腐败是对父亲最大的不孝啊！"

等赵四伯历尽千辛万苦，攒够一万元钱后，准备替儿子还钱，然而，赵四伯在得知要偿还一千万时，一口气没喘上来，便气绝身亡……

唐僧评先进

　　唐僧取经团西天取经归来，正赶上天国要召开总结表彰大会，表彰一批先进工作者。要从取经团当中推选一名先进工作者，你觉得谁是先进呢？

　　唐僧取经团西天取经归来，正赶上天国要召开大会，表彰一批先进工作者。唐僧取经团有幸分到了一个名额。

　　取经团非常重视这项工作，专门组织成立了评先领导小组，唐僧任组长，孙悟空、猪八戒、沙僧任成员。为了保证评选工作的公平与公正，天国规定评先工作要坚持民主与集中、平等争优、全员参与的原则，确保评先结果的合理性。

　　评先小组召开了专门会议，研究人选。经过紧张激烈地讨论，评先小组把达到评选标准的人排了一下队。

　　排在首位的是孙悟空。孙悟空本领高强，神通广大，威慑力强，一路上，冲锋陷阵，身先士卒，迎难而上，除妖降魔，同时兼管与诸神的联络，为取经工作立下了汗马功劳，先进工作者非孙悟空莫属。再说，这样的人评不上先进说不过去。

　　排在第二位的是猪八戒。猪八戒跟唐僧的关系好，在取经路上协助大师兄做了不可或缺的工作，在大师兄不在的情况下，承担了顶梁柱的作用，功不可没。

　　排在第三位的是沙僧。沙僧没的说，不怕苦，不怕累，任劳任怨，就像一头老黄牛，后勤工作做得好，为取经工作提供了坚实的物质保障，像沙僧这样的人也应该评为先进工作者。

　　孙悟空、猪八戒、沙僧三人都想评上先进，毕竟先进工作者能涨一级工资，谁也不想放弃这个好机会。于是评先小组一班人七嘴八舌地展开了激烈的讨论，讨论过程中，你否定我，我否定你，会议达到了高潮。

唐僧总结道："今天的会议开得非常成功，充分发扬了民主。取经路上靠的是孙悟空，这无可厚非，但是，孙悟空争强好胜，遇事不讲原则，一会儿变成人家老公，一会儿钻进女人的肚子，胜之不武。再说孙悟空历史上有问题，不清白，在大闹天宫、龙宫中犯有不可饶恕的错误，我不同意评孙悟空为先进工作者，也算是忍痛割爱了。"

唐僧顿了一顿，看孙悟空没有过激行为，接着说道："猪八戒行为不检点，贪吃、贪睡、贪财，还爱贪小便宜，人生观、理想观不坚定，整天就知道吃吃喝喝，动不动就要散伙，而且还有生活作风问题，这样的人评上了先进，同志们不服。"

猪八戒听后，脸涨得通红，但他觉得师傅说得在理。

"至于沙僧，他只肯下苦力，遇事慌乱，没有主见，而且没有开拓进取精神，并且他在王母蟠桃会上失手打碎玉玻璃，被贬流沙河后，'吃人多，伤生瘴'。这样的人成了先进，没有鼓舞力和号召力。"

唐僧一席话，惊得孙悟空、猪八戒、沙僧一头汗，还是孙悟空脑子转得快，说："我认为，取经工作之所以取得成功，虽然离不开大伙的辛勤耕耘，但更离不开师傅的正确领导，离不开师傅对人才的培养及无微不至的关怀，一句话，师傅功不可没，先进工作者应该是师傅。"

接着，猪八戒、沙僧纷纷举手同意推荐唐僧为先进工作者。

会后，秘书孙悟空为唐僧写了5000字的先进事迹材料，并填写先进工作者呈报表，一同上报天国。

不几日，天国正式下发通知，请唐僧参加表彰会。

如此节约

　　小乡刮起了一股节约之风，人人争当节约先锋。老崔一马当先，不骑自己的摩托车，反而骑别人的，见我们惊讶，老崔还喜滋滋地说：听说小刘要出一趟远门，汽油放在车里要挥发的，我帮他骑骑，也算正常发挥吧……

　　建设节约型机关的风吹到小乡来的时候，还真的刮起了一股节约之风，单位掀起了"节约一度电，节约一滴水，节约一张纸，节约一分钱，节约一升油"的五个一活动。

　　有老崔者，率先垂范，突出表现之一，就是在出发的时候与同事合乘一辆摩托车，比如这次小周骑摩托车驮着老崔，下次老崔骑摩托车驮小周，这样可以节约一辆摩托车的油钱。

　　一日到村中出发，同事们为了节约汽油都搭配好了，唯独落下了老崔。在我看来，这回老崔只能自己骑摩托车，无法节约汽油了。

　　可是，等我们到村的时候，却发现老崔骑着隔壁单位小刘的摩托车来了，没想到老崔又节约了一回！

　　见我们惊讶，老崔还喜滋滋地说：听说小刘要出一趟远门，汽油放在车里要挥发的，我帮他骑骑，也算正常发挥吧……

　　大家听后，面面相觑。

噎人钟

　　艾山乡包村干部钟小东特能噎人，人称"噎人钟"。他也有被噎住的时候，过了好一会儿，钟小东自言自语地说："包村干部就是走到哪里吃到哪里，要不能叫包村干部？"

　　艾山乡包村干部钟小东，貌不惊人，但语惊人，这语惊人并非指文采横溢，而是指特能噎人。此人不说话则已，只要一开口，定能将人噎得喘不过气来。钟小东正处在而立之年，却一直没找上对象。一般人都认为相貌是钟小东婚姻的最大障碍，其实能噎人才是他至今未婚的根本原因。有好事者美其名曰：噎人钟。

　　钟小东有他的朋友圈子，他朋友圈子里的人多少都会噎人，包村之余，他们会聚在一起甩甩扑克，消磨时光。他常说的一句口头禅是：生命在于浪费。那天，是个阴雨连绵的日子，钟小东他们四个在农经站打扑克浪费生命。农经站胡站长从集市上买回来二斤蚕蛹，打牌的老刘看了看说："蚕蛹是个好东西，据营养学家说，一个蚕蛹的价值能顶一个鸡蛋。"钟小东头不抬，眼不眨，不紧不慢地说："真的？那每天早晨，老伴给你煮面条的时候,让她给你放上两个蚕蛹就行了！"

　　包村干部的生活很单调，他们想方设法找人请客喝酒，却也其乐无穷。钟小东时常有人请，但他请的时候少。只要他请客，他就有一套理论。比如一见到老张，便问吃饭了吗？老张答，吃过了。钟小东则说，我请客，喝一盅去。老张自然不去了。再比如见到老刘，便问吃了吗？老刘答，还没。钟小东则说，没吃还不快回家吃去，还想吃我给你准备的酒席啊！可想而知，脸皮薄的人是不想吃钟小东一顿饭的。一次钟小东请客，拉着他圈子里的朋友奔赴饭馆，路上恰巧碰上了我，问我吃饭了吗？当时我还没吃饭，心想说啥也是他的理，稍愣了一会儿，

钟小东抢白道："千万别说你没吃，我可要请客的。"

"噎人钟"怎样才能噎人，我想是有技巧的。能抠字眼便是其一。话说国庆节，艾山乡组织包村干部到烟台游玩，中午吃饭，少不了桌上丰盛，天上飞的、山上跑的、水里游的、地上蹦的、树上爬的、洞里钻的都有。钟小东大开吃戒，喝了个忘了自己姓啥，等酒足了正要吃饭，乡里德高望重的老陈对小周说："小周，要饭去，咱们吃饭！"钟小东像是发现了新大陆，对老刘说："老刘，你也就是个当乞丐的命，吃饭你就知道'要饭'，不会说'拿饭'吗？"

乡里有个大龄青年，刘俊仁，年方三十，头发却掉得差不多了，人又憨厚，单位却不错，在国土所上班，找个条件好的，姑娘不愿意，找个条件差的，刘俊仁又不乐意，高不成低不就，就熬到了三十岁，仍单身。突然，有个媒婆从县供销社给刘俊仁说了个对象，人长得不错，单位也说得过去。钟小东听说了，当着刘俊仁的面，对大伙说："连刘俊仁这样的都找对象了，我堂堂钟小东能找不上对象？"刘俊仁的脸红到了脖子根。你别说，钟小东还就找不上对象！

文章开头，提到钟小东因为噎人没找上对象，这里有个典故，说是钟小东好不容易谈了个对象，姑娘提了很多条件，钟小东一件一件都落实了，就等领结婚证办喜事了。可就在这期间，发生了一个插曲。一天晚上，两人在月光下压马路，钟小东突发感慨："每当我遇到困难的时候，就会想到你，一想到你，我就有了战胜困难的决心！"姑娘听了高兴得不得了，直往钟小东怀里钻，钟小东一时被幸福冲昏了头脑，接着说道："我就不信，还有什么比你更难对付的！"姑娘听后愣在那里半袋烟工夫，然后甩头而去……

谈　话

回来后，我对这个举报人是既感激又痛恨，感激的是又让我成了优秀，可以多拿不少奖金；痛恨的是举报人又把举报材料写得那么有文采，让我成了嫌疑人。

牛经理从他办公室给我打电话的时候，我正在偷公家的时间，在电脑上十分投入地打我的一篇新小说。经理让我到他那儿一趟。我寻思，可能是一年一度评先树优的事，今年轮也轮到我了。

我这人没别的爱好就喜欢搞点业余创作，发表些文字，赚点稿费和声名，并且乐此不疲。不像其他同事，整天琢磨着如何进步，怎样捞官做，或是盘算着下了班上哪吃美食，周末上哪游玩。当然，他们也不理解我，整天躲在一边鼓捣文字，像个神经病。当然我并不打算拿它当事业。文章发表得多了，出人意料地受到几分尊重。

我快步来到经理办公室，办公室门没有关，牛经理正在低头看文件，我径直走进来。

我战战兢兢地说："牛经理，您找我？"

牛经理放下他手中的文件，手指着沙发对我说："小陈，坐！"

我又战战兢兢地坐下，到现在，我才知道什么叫"如坐针毡"。

牛经理随口问道："你父亲的病怎么样了？"父亲得了膀胱癌，是晚期，刚刚做了手术，但这事知道的人不多，关心的人也不多，经理神通广大，居然听说了。

我心头一热，结巴地说："一直在灌药化疗，还好还好。"

"家里有电脑吗？"牛经理突然问。

我不知道经理为什么冒出这么一句，当然不知道牛经理有什么意图了，说不定经理因我创作成绩突出要奖励我一台电脑呢，但我仍实话实说道："有。"这年头谁家没有电脑呢。

"听说你在办公室的电脑上，写小说，有这事吗？"

"……"我竟一时语塞。这是谁又把我卖了！经理不但不奖我电脑，还嫌我揩公家的油，这真出乎我的意料。

"你的文章，我拜读过，写得不错。如果它是在我的公司里的电脑上打出来的，我就不欣赏了。上班时间搞自己的可不行啊，当然你业余时间写作，在家里电脑上打小说，我无权干涉，而且还支持。"牛经理接着说道。

经理说得天衣无缝，滴水不漏，无懈可击。我没有否认，也没有承认，只有沉默。然而我的大脑却一刻也没有停止思索。工作之余，写点小说，无非是赚点稿费，赢得点名誉，却让领导找你谈话，而且还是一把手亲自找你谈，这就说明问题发展到了什么地步。古往今来，叛徒和告密者咋就那么多呢。再说，我发表小说，也是以另一种形式宣传单位啊，而且上级还多次表扬过我呢。

突然，我的脑海里联想到了个人优秀的事，看来，在这节骨眼上，经理找我谈话，是很"必然"的了。原来优秀不优秀的无所谓，就是一本证书，有它过年，无它也过年。可是现在大不一样了，优秀带上了物质，有个优秀，可以多拿不少资金呢。

这时经理说："关于今年个人优秀的事，经党组研究，改为上报小赵，希望你能摆正心态，明年再报你！"

我无言以对，心想，明年还不知有多少变数呢，这又是一张"空头支票"！我强忍着愤怒，强作欢笑说道："多谢牛经理教导，听从安排。"我不这样说，还能咋说呢，反正已改变不了事实了。

回来以后，我心里说不出是啥滋味，像是突然吃了一只苍蝇一样难受。

过了几天，优秀的事就翻了烧饼，不作数了，听说有人向公司主管部门举报了，说优秀选拔暗箱操作，要求公开公平公正推选。

结果，大家就集中在一起进行投票推选，现场唱票，我就成了优秀。

我是优秀，这不是领导意图，于是，我又坐在了牛经理的办公室。

牛经理说："我说了明年你是优秀，说话肯定算数，你怎么还向上级举报了？"

　　我听后，如雷轰顶，顿了好一会，才明白这是领导向我头上扣屎盆子啊，我当即义正辞严地说："牛经理，这个我敢打保证，绝对不是我干的，您可以动用高科技、大数据，查出是我举报的，怎么处理我都行。"

　　牛经理说："单位上能把举报写得那么好的不多啊，不是你更好，千万别学坏了！"

　　回来后，我对这个举报人是既感激又痛恨，感激的是又让我成了优秀，可以多拿不少奖金；痛恨的是举报人又把举报材料写得那么有文采，让我成了嫌疑人。而且就为了一个"优秀"，牛经理就找我谈了两次话，每次谈话如同吃了苍蝇一般。

　　第二天，我就将辞职报告放到了牛经理的办公桌上……

制　服

　　我见了小舅子，就劈头盖脸熊了他一顿，说："现在这形势多严峻啊，这里检查，那里督导的，我下了班就脱了制服，自己上饭店吃个饭还胆战心惊的，社会风气与从前大不一样了啊！"

　　我在一行政执法单位上班。这年头，执法要配制服的，隔那么一两年，就发一套新制服，时间长了，旧制服就穿不过来了。为了不浪费资源，我决定送一些给亲戚，可寻思来寻思去，能穿上我制服的只有小舅子一人，亲戚当中，只有小舅子和我一样猴瘦。

　　小舅子上学时不用功，高中没毕业，就到工厂里上班了，游手好闲，吊儿郎当，不过没犯什么大错误，得过且过。我将送他旧制服的事，跟他说了，小舅子听后高兴得不得了，当然那些标志都被我撕掉了。

　　过了一段时间，小舅子欣喜若狂地来到我家，手里还破天荒地提着两瓶好酒，说是要对我说件好事。他说自从穿上制服以后，身价倍增！别人见了他都高看一眼，就连车间主任也对他另眼相看了，被刁难的次数少了许多；尤其是上街买东西，小商贩更是热情，卖给他的东西不仅好且价格低。更令人意外的是有好几次到饭店吃饭，老板说啥也不肯收钱，光吃"霸王餐"了。我听了深有体会，的确如此，社会风气就这样，心想旧制服被用"活"了，小舅子也沾了我这个公家人的光，我心里也很高兴。每次看见小舅子，总见他穿着制服，人模狗样的。

　　过了几年，再送小舅子旧制服，他不大热情了，细一问，方知情况有变。他说，好像现在制服威力大减，往街上扔块西瓜皮，摔倒十人，就有九人穿着制服，制服没有特权了。这几年，制服如洪水般泛滥了，就连看大门、烧锅炉的都穿上了跟我们相仿的制服，是该清理清理了。小舅子就有好几次被商贩们狠狠宰了一把，"霸王餐"也吃不上了，甚至走在街上，还被人戳脊梁骨。小舅子调查研究一番，发现商人眼中，最想宰的就是穿制服的人了。这几年，穿制服的工资涨上去了，还时不时弄点外快，先富起来了。不宰这些人，还去宰那些恨不得将一分钱掰两半花的农民？

于是，家里的旧制服越积攒越多，有一天，突发奇想何不把它卖了算了，放在家里占空子，别的亲戚穿着又不合适。主意一定，打成包，准备卖给废品收购站。刚出家门，小舅子迎面走来，当他知道我去卖制服时，说愿意出高价买。

我说，你不是嫌制服没威力了吗？小舅子说，世道又变了，最近发现街上穿制服的少了许多，现在又怪稀罕了，再说制服又有了新用途。我追问什么用途。小舅子说最近买了辆二手摩托车，手续不全，怕被交警查住。据他观察，交警不查穿制服的人。我一听明白了，我的摩托车就没有被交警查过一次，虽然我的手续齐全。于是我的那包旧制服就被小舅子背走了，小舅子只要骑摩托车就会穿着制服。后来，听说他卖了一些旧制服，狠狠大赚了一笔。

就这样过了两年，一天，小舅子来到我家，却没穿制服，我想这是又来要制服了，家里正好又退下几件，拿出来给他。他说打死也不要了，表情作害怕状。细一探听，才知道前几天被罚了款。他穿制服骑摩托车在街上兜风，被督查人员逮个正着，摩托车就被扣了，小舅子就受了委屈。这还是小事，小舅子好几次在饭店吃饭的时候被纪委的人给查住了，弄得很尴尬。纪委顺藤摸瓜，我就背上了"警告"的处分。我见了小舅子，就劈头盖脸熊了他一顿，说："现在这形势多严峻啊，这里检查，那里督导的，我下了班就脱了制服，自己上饭店吃个饭还胆战心惊的，社会风气与从前大不一样了啊！"

有了这次教训，那些制服我再也不敢送人了，也不打算卖给废品收购站了，那样更危险，说不定被非法分子买了去，我还有责任呢。我想好了，攒起来吧，等退休了再一件一件地穿吧！

罕见的故障

　　新买的手机有故障，好办，商家保修。可是马经理新买的手机一点毛病也没有，可是别人就是听不清他说的话，还伴有噪音……最终弄清手机的故障，马经理脸红了，估计很多人看完脸都会红一下。

　　马经理刚买回来一部手机，彩屏，和弦，MP3，MP4，另加摄像功能，科里每人都欣赏把玩了一下。

　　众人正夸奖马经理有眼光呢，手机响了起来，悦耳的音乐铃声，惹得众人直淌口水。

　　马经理在众目睽睽之下，跟一位女同志聊天，开始，马经理很神气，一副得意扬扬的样子，可是到了后来，马经理的脸"唰"的变了，大家都听出来了，马经理一句话要重复三四遍，对方才能听清楚。

　　马经理迅速地结束了通话，牙咬得紧紧的，说："这手机有毛病！"

　　马经理又一一给科里每人打了一个电话，结果，我们都听不清楚马经理的话，而且里边还有"嗡嗡"的噪音。这下，马经理急了，毕竟是花两千五百元钱买的啊。

　　马经理立即让我开车同他到手机专卖店更换。

　　店主听明来意，和颜悦色地拿出同款三部手机让马经理挑选。

　　马经理小心翼翼地试了一部，别人听不清他说的话，还伴有噪音，马经理又试了一部，结果，别人还是听不清他的话，也有噪音，马经理又惴惴地试了最后一部，真是匪夷所思，居然又是同样的故障：对方就是听不清楚，而且伴有噪音。

　　这回，马经理肯定地说："这款手机质量有问题，我要向消协投诉！"

　　店主在一旁不动声色地观察了半天，说道："你再打电话时，将声音放小，不要大呼小叫，试试。"

结果，手机还是原来的手机，通话效果非常好，没丁点噪音。

店主解释道："你在单位可能是个官，平时训斥人习惯了，说话声音大，以前用的手机话筒质量一般，也就没什么障碍了，可是这款手机话筒质量非常好，你再大声说话，就会强烈冲击话筒，别人就听不清你说什么，还会听到噪音。"

原来，故障在这里。

从这以后，马经理跟变了一个人似的，说话声音小了许多……

讨旧债

老崔借钱一直不还，我只好旁敲侧击，让老崔回忆起借钱的事，老崔想起这档子事了，自然就会还我那二百元钱。结果老崔无动于衷，于是我使出了杀手锏……

单位老崔一年前借了我二百元钱，一直不还。

当时的情景是这样的：我陪老崔到商场买影碟机，结账时，老崔才发现差二百元钱，恰巧我身上带着钱，就给老崔垫上了。老崔拍着胸脯说："下个月发工资了，一定还！"

可是一年过去了，老崔领了十二次工资了，却没有一点还账的迹象。不要了吧，老婆昨晚又下了最后通牒：明天发工资，一定要把钱要回来，要不回来，就别回家了！

你看，这不是给我出难题吗？

我看，只好旁敲侧击，让老崔回忆起借钱的事，老崔想起这档子事了，自然就会还我那二百元钱。

老崔一领回工资，我就东拉西扯地跟他谈，谈VCD，谈DVD，谈光盘，谈音响，扯了一上午，愣没勾起老崔丁点"记忆"。

无奈，只好使出杀手锏，我将老崔拉到背人处说：

"上次借二百元钱，还没还呢？"

老崔仍没有反应。已经到这地步了，干脆，我将一年前买影碟机的事，详详细细地说了一遍。老崔似乎想起了点什么，我心中窃喜。

突然，老崔好像记起来了，拍着我的肩膀说：

"想起来了，不就是二百元钱吗，不用你还了，就当我请你吃了一顿饭！"

乡下人的尴尬

小李哈哈笑道："你这个大老土，以为城里旅馆跟你的宿舍一样，有拉灯绳啊，开关都是暗的，在墙里，你摸到天亮也找不到拉灯绳！"

星期天，我和乡里的青年小李到张店参加自学考试，我们结伴而行，住在同一旅馆同一房间。

一晚 60 元钱标准的房间，比单位的宿舍强多了，仿瓷墙，天花板，地板砖，空调、彩电、电话一应俱全。我们两人压抑不住心中的喜悦，打开空调，放开电视，边看电视边学习，生怕浪费了花钱买来的"资源"。我们俩，平时又不扎扎实实地学习，快考试了才急得抱佛脚，一直学到深夜一点多，最后熬不住了，一致同意睡觉，小李住在靠门口的床上，他负责关电视和熄灯。

毕竟太劳累了，坐了大半天的长途汽车，又学到深夜，我们很快都睡着了。约莫凌晨四点钟，一股尿意将我从考试过关的美梦中拽回来，我蹑手蹑脚地起来小解，可是到了门口却怎么也找不到灯开关了，我坚信开关一定在门口附近，就顺着墙摸来摸去，摸了半个时辰，愣是没找到开关。不拉灯吧，黑咕隆咚的，洗手间还真不好走；叫醒小李问问吧，听着他那香甜的呼噜声，还真不好意思打扰他，只好摸索着去洗手间。突然，"砰"的一声，暖瓶被我碰倒了。小李被吓醒了，埋怨我不开灯。我说："怎么也找不到拉灯绳。"小李哈哈笑道："你这个大老土，以为城里旅馆跟你的宿舍一样，有拉灯绳啊，开关都是暗的，在墙里，你摸到天亮也找不到拉灯绳！"

露天电影

　　天渐渐黑了下来，星星一粒一粒亮了，心里怕耽误电影开场，就回到座位上等。这时，才真正开始上人，人们陆陆续续地找到自己中意的地方，坐在搬来的土坯、石块或自家的小木凳上，挤挤挨挨的一片，同村的、外村的、熟识的、陌生的凑到一搭唠着家常。

　　今晚上要放电影了！

　　下午放学的时候，陈皮路过村中井台，远远地看到白色的幕布挂在文明家的门口。

　　那时，放映队来到村里，第一件事就是挂幕布，然后再在不远处摆上一张放映机的桌子，桌子旁边放着几个箱子。这就是无声的通知：要放电影了。随后，村干部领着放映队的同志到村大队吃饭去了。

　　陈皮雀跃欢呼地跑到放映桌前去看看今晚上要放什么电影。在陈皮的观念中只有三种电影：打仗的、打拳的和唱戏的。打仗的要动枪打炮，打拳的就要枪舞棒，唱戏的是戏曲，这是陈皮最不愿意看的。

　　陈皮从放映片盒上模糊的片名上总能判断出类型，虽然有些字还不认识。比如带"战"字，就是打仗的，带"剑""刀"等字的就是打拳的，有了判断后，就开始做义务宣传工作了，逢人便嚷，"今天晚上放电影，一部打仗的，一部打拳的。或者是两部打仗的。"一传十，十传百，不一会儿，全村人大都知道了。

　　等陈皮把村子跑遍了，就赶紧回家写作业，这时候作业质量就很成问题了，不是做不对，就是字迹潦草，往往还做不完，第二天上学就会罚站。大人也知

道孩子看电影急切，早早地做好了饭。陈皮胡乱地扒几口，就拿着板凳去占地方去了。

来得早的都是孩子们，占据了最有利地位置。井台是村里放电影固定的地方。井台在村中央，下面是一口大方井，上面封了顶，井台周围西高东低，井台南处有一条上坡路，上坡路南面是一个错台，错台上边是一片树林，正好可以居高临下看电影，相当于现在电影院的二楼。村里开大会、演节目、放电影等重大活动都在这里举行。放好板凳后，就是焦急的等待，夜幕却迟迟不降临，离电影开演还有一段时间，于是到处瞎转悠。那时转悠最多的地方是文明家，文明家就在对面，去他家多的原因除了近、是好伙伴外，还有一个最重要的原因是他家院子里有一棵杏树。在文明家消磨时间的时候，都要在口袋装上点杏，杏还未熟，有点酸涩，但有大用处，看电影困了的时候吃一个，很提神的。

天渐渐黑了下来，星星一粒一粒亮了，陈皮心里怕耽误电影开场，就回到座位上等。这时，才真正开始上人，人们陆陆续续地找到自己中意的地方，坐在搬来的土坯、石块或自家的小木凳上，挤挤挨挨的一片，同村的、外村的、熟识的、陌生的凑到一搭唠着家常。人群里突然一阵骚动，众人纷纷顺着声音看去，呀！放电影的同志终于来了。放映人员一阵忙碌、调试，一束灯光照射在幕布上，顿时，幕布上出现许多小手不断变幻着造型——小鸟、手枪、剪刀……五花八门。电影开播，一切声音戛然而止，千百双大大小小的眼睛盯着银幕，仿佛世界猛然间凝固了。此时，谁要是猫腰从银幕前走过，挡住了镜头，就会招来一片嘘声。但如果过来一辆拖拉机，无论多么不情愿，人们还是不得不站起来，让出一条狭窄的缝隙，催促司机快过去。

一般一部电影要放四个片子，中间要停顿三次，这几分钟也很重要，大人们找孩子，妻子喊丈夫，男女打情骂俏，孩子加衣服，也有喝水的、撒尿的等等，都在这中间进行。电影内容陈皮是看不懂的，无非是看个热闹。对人物的判断也只停留在"好人"与"坏蛋"之分，每出来一个人物，都要用这两个标准衡量一下，与同伴交流交流。一部电影还没看完，口袋里的杏子早已与同伴分享光了，可这时眼睛已睁不大开了。趁着换片子的间隙，陈皮父亲已把陈皮搬到了身边。大都在放第二部片子中间，陈皮已在父亲怀里熟睡了。回家路上，大人们评价人物好坏，探讨武功高低，电影内容成了争执不休的话题。第二天上学路上，陈皮才再跟伙伴们津津乐道一番。

　　一个乡村孩子，一个平常夜晚，一场看不懂的电影，一切都那样美好。电影在陈皮成长过程中烙下了深刻的印记，记忆深处那份嘈杂，那份热闹，那份激越的氛围，仍魂牵梦绕……

捎烤鸭

俗话说得好："捎话捎多了，捎东西捎少了。"给人捎话或捎信不是件好差事，这不我给老崔捎烤鸭，明明是烤鸭涨价了，多垫上了钱，我不计较，反而让老崔把我当成了小人。

这几天，县城烤鸭卖疯了，这烤鸭不是一般的烤鸭，而是北京烤鸭。也就是一夜之间，县城开了三家连锁店，临近三餐，烤鸭店前排着长长的队伍，十二分钟才一锅，开一锅走一批，开一锅走一批，而那队伍并没有因此而缩短，反而越来越长。队伍越长，就越能吸引过客，这成了小城一道新的风景线。

新鲜的东西传得就是快，连乡里的老崔都听说了，老崔一年进城也就七八次。当他听说我要到县城办事时，说啥也要让我给他捎只烤鸭。老崔掏出 32 元钱说："听说 16 元一只，买两只来。"老崔一再嘱咐我别忘了，还说中午等着吃。

到县城办完事，已是中午十点钟了，来到烤鸭店前，看着那排队的长龙，有点眼晕，要等到何时才能买上啊。我算了算，最少也得一个半小时。不出所料，十二点了才轮上，我挑了两只，递上钱，老板客气地说差 4 元钱。我说不是 16 元一只吗？店面上也明确地写着 16 元一只！店主和气地说，从昨天起才涨的价 18 元一只。没办法，我只好垫上 4 元。

回到单位，老崔还在办公室等着呢！

老崔接过烤鸭，却没问价钱，我又不方便说，也就不去计较那 4 元钱了。老崔说时间不早了，非让我到他家吃烤鸭。盛情难却，我就跟他走了。

过了一段时间，我在办公室隔壁的值班室休息，为了防止别人干扰，我让同事锁了门。半睡半醒中听老崔说："今天进城买烤鸭，一打听，烤鸭才 14 元一只，前几天我让小陈给我捎了两只，我给了他 32 元钱，他不退我 4 元钱不说，我还请他吃了一顿烤鸭呢，小陈怎么那么黑，唉，人心难测啊。"

　　我听后，睡意顿无，心里说不出是什么滋味……

讲个故事给你听

我听后，说不上是什么滋味，但有一点可以肯定，这篇小说可以动笔了……

那个阴天的下午，雾霾仍未散去。我正伏在案头，盯着电脑，鼓捣文字材料，眼睛干涩，痒，不是一般的难受。

突然电脑右下角微信头像在晃动，打开一看是美女宁小主抖了我一下。宁小主在艾山乡下属单位上班，我俩同是单位的新闻报道员，平时交流颇多，同时她还是我的一个粉丝，是我小说的忠实读者。

这段时间到单位查纪律的来得勤，已有好几个同事撞在了枪口上。更要命的是，现在查纪律也用上高科技了，不是以前的"逮个正着"了，而是将一个优盘插入你的电脑，就能查到你所有上网的记录。我每时每刻都要清理一下上网记录，不敢"开小差"。没有工作的事微信是不敢挂在电脑上的。微信上不仅有工作群，也有同学群、亲友群，还有股票群，明明是做的工作的事，但是往往那些非工作群也是不安分的，怕纪委的人查到了说不清，就大部分时间是关闭的。

无巧不成书，那天下午刚刚在微信上传了一个文件，还没来得及关。宁小主说："我有一个好素材，你写个小说吧！"

我很烦，已好几年不写小说了，天天有写不完的官样文章，累得不行，哪还有时间鼓捣小说啊。宁小主很有耐心，已进入讲故事的状态，她说："老郑五十岁左右，是名环卫工人，一次走亲戚喝高了摔到了马路边，经过住院治疗后，捡了半条命出了院。出院后一大波'雷锋'同志就来了！先是负责他一片的环卫小组长说，老郑在治疗期间其他环卫工人帮他打扫的卫生，他的工资照发，让老郑把工资拿出来表示表示！"

我说："这是人之常情，可以理解。"

宁小主又接着说道："老郑住院期间报销一部分医药费后，自己依然负担了很大一部分。不几天，小组长的顶头上司高副总又主动来看望老郑，提出剩下的部分，公司可以用保险来补报。"

我本来是极不想听这个故事，可是现在却有了改变，就有了鼓励宁小主讲下去的想法，于是回道："继续，很有意思！"

"然后，高副总便领着老郑以工伤的名义进行司法鉴定，并信誓旦旦地承诺：如果工伤鉴定为八级伤残可以获得十万左右的赔偿，条件是赔偿款要分他一大半！"宁小主在后面还一块发了个"惊讶"的表情。

我也义愤填膺，回道："怎么能这样呢？"顺便发了个"敲打"和"咒骂"的表情。

宁小主又说道："老郑认为自己的医药费包圆就可以，剩下的高副总随便赏，然后就在副总的带领下进行了工伤鉴定。"

我说："老郑做得对，说不定医药费不仅包圆了，还有一笔意外之财。"

"可是，老郑刚刚开始鉴定，就接到一个电话，电话那头的刘医生说是老郑的老乡，属于一个乡的邻居，看到了老郑的体检结果，说工伤鉴定在八级伤残与九级伤残之间浮动。刘医生主动要求老郑，可以拿出几百块钱，他负责请请司法鉴定的相关人员，争取弄个八级伤残！"

我说："这是半路杀出个程咬金啊。"

"刘医生要求老郑尽快准备钱，他回老家时一并拿着。老郑家里穷，但脑子不傻，说是几百块钱，没个千把元是搞不定的，随后刘医生再打来电话老郑便不敢接了。"宁小主说完，顿了顿，又说：

"刘医生觉得到嘴的肥肉不能就这么飞了，就不停地给老郑打电话，老郑一直吓得没敢接。刘医生在用了不同的号码打了十几遍后，居然亲自到了老郑家，提供上门服务了！"

我回道："真精彩！"

宁小主说："老郑与刘医生斗智斗勇，最终刘医生讪讪地走了，临走还恐吓老郑，你的司法鉴定结果悬！老郑心里没底便给高副总打电话，高副总一通发火，

嫌老郑又私自找别人帮忙，便安慰老郑，说所有的关系都已打点好，就跟着拿钱就行！老郑心里忐忑，自己的银行卡也被高副总拿去了，保费到手还不定剩几个呢？骗保本不是光明的事，为啥这么多人愿意做雷锋呢？"

我问："这是真事吗？"

她答："是真事，老郑是我家一个亲戚！"

我又问："后来呢？"宁小主说："情节就发展到这里。"

我说："故事精彩是精彩，但写出来就是一个极具讽刺意味的小说啊，估计发表不了。没有哪家刊物愿意刊登这么负能量的东西。"

她说："那就是你的事了，反正故事素材我都讲给你了。"

我就在那发愁，到底写不写呢。写就是负能量，不写故事又这么精彩……

于是我说道："这个故事，还没到结局的时候，有什么新动态了，你再告诉我！"宁小主爽快地答应了。

这事就这么告一段落了。

忽然有一天，宁小主又发来消息："小说可以写了！"我丈二和尚摸不着头脑，早就忘了这档子事了。

她说："高副总出事了，他进去了！"随后就是一串"高兴"的表情。

我听后，说不上是什么滋味，但有一点可以肯定，这篇小说可以动笔了……

父爱的碎片

　　父亲 5 岁时就没了父亲，知道父爱珍贵，因此父亲把爱毫不保留的都给了我。

　　朱自清一篇《背影》将父子亲情描绘得淋漓尽致，赞美父爱达到了顶峰。而我却没有那样的文笔和水平，然而有关父爱的一张张"碎片"却接二连三地飘来……

　　父亲由于年纪大的缘故，变得越来越健忘。但他总忘不了一件事，那就是带我去神仙庙。那时，父亲从早晨就开始准备，诸如叠元宝、做贡菜之类，一直忙到天黑。我们收拾妥当，就去神仙庙。说是神仙庙，其实就是一堆石头，因为破除迷信的缘故，庙早就拆了，但这并不能减弱父亲的虔诚。父亲跪在石头旁烧着纸钱，说着"平安、升官发财"之类的话。我跪在旁边，心里直笑。每次在去的路上，我总说都什么年代了，还搞这一套！父亲就瞪大眼睛呵斥我不虔诚。现在，回想起这件事，心里就有一份愧疚。父亲那样做寄托了他老人家对我的殷切期望，希望我能有所作为，而我呢，却那么不争气，不但没有增加父亲的笑容，反而使他叹气的次数增多了，唉，我这不孝之子哟！

　　都说想儿如潮水，我却不信，在外上学时每次回家，说好不用来接，父亲满口答应，可是每次下车，总是看见父亲从路边的山上跑下来，手里拿着一张镰和一把草。父亲说刚出来割草，就看见你来了，父亲就不要草了，帮我拿着行李，喜气洋洋地往家走……后来从邻居嘴里才知道，父亲已在路边的山上割了半天草……上学那阵，光知道疯着玩，很少给家里写信，后来听母亲说，每逢收到我的来信，父亲总要让母亲烧上几个好菜，喝上几盅，以示庆贺。有一学期，忙着

赶论文未及时给家里写信，听母亲说，父亲在一段时间里，天天到村支部书记家里打听有没有我的来信……

父亲5岁时就没了父亲，知道父爱珍贵，因此父亲把爱毫不保留的都给了我。记得小时候，冬天跟父亲一块睡觉，父亲总是先躺下，暖暖"窝"，我才躺下。而每当那时，父亲总是循循善诱，问道："长大以后会不会给我暖暖'窝'？"那时我总会不假思索地说："一定会！"现在倒是用不着我了，有电褥子，可我却很少跟父亲同床睡觉了，那儿时的承诺已变成了真实的谎言。

父亲也是人，也有"自私"的时候。农忙的时候，父亲累得连走路的力气都没有，回到家看到我挺悠闲，就会暴跳三丈高，说我不知道好歹，数落这数落那，可父亲仍旧照原来的干。说父亲"自私"，还是那次中考。我想上大学，就报了高中，父亲知道后，非让我改报中专。父亲忧愁满面地对我说，他年纪大了，没了收入来源，供不起我，而那时我却顾不上这些，偷偷地报了高中，通知书来了，父亲还是供我上了高中，而且一直供我上完了大学。

参加工作了，父亲还是唠唠叨叨，什么"宽容、奉献、团结"之类的套话天天讲，什么"官身不自由"了，什么"在单位玩是工作、在家忙也是玩"地开导个不停。当时没往心里去，后来一寻思，全是人生"真谛"，够我享用一辈子。有时工作忙了，很长时间不回家，父亲就会说出很多关于自己单位的事，以及自己周围的大事，有些我都没听说。虽然父亲闲下来了，可对儿子的那片心并没有闲下来，父亲每天晚上都定时收看地方新闻，涉及我工作地的新闻，包括天气预报，父亲都格外留意，父亲的心可真是无孔不入哟！

夫妻店

　　大锅全羊好整，羊是沂蒙黑山羊。在门口支起一口大锅，把羊收拾好了，全放在锅里煮，煮熟了，就是大锅全羊了。根据人的数量，从锅中往外捞肉，肉吃完了，再炖上豆腐，别有一番滋味。

　　艾山乡不大，一条柏油路穿过这个小乡，整个乡驻地没有一条十字路，只有几个丁字路。

　　从北往南，进入第一个丁字路口，有一家饭店，挂着招牌：建国饭店。饭店是原来供销社的房子改建的。

　　供销社早已不是炙手可热的模样了，现在就像一个人到了暮年，职工饭都快吃不上了。但瘦死的骆驼比马大，靠早年的房产出租勉强度日。王建国仗着是村支书的儿子，就把最好的位置承包了下来，开了饭店。

　　靠路的是三间房，中间一间做收款台，最里边摆着一些烟酒和饮料什么的，收款台前放着几张小方桌和一些马扎，招待些散客，两边的两间用木板隔开，做了四个雅间。在房子后边依墙建有厨房。散客来了，人少就在收款台旁边的小方桌上吃，人多了或有机密的事就进雅间，也算肃静。

　　王建国是掌厨，是店里的大拿，人也总是笑眯眯的。王建国媳妇是服务员，人长得还算俊俏，跑前跑后的，他俩开的是夫妻店。

　　在厨房的西边还有一排雅间，这里平时不大用，只有碰上喜宴等大宴席才会用得着。

　　乡小，前边的房子足以应付日常接待。

　　我刚分配到艾山乡工作时，为我接风的老乡就把宴席安排在这里。

　　老乡说，这里算是最好的饭店了，相当于北京的钓鱼台。饭店的老板是乡政府办公室张主任的舅子。乡政府食堂安排不下的时候，就安排在这边。最近王老板到邻近的莱芜学了"棋山鸡"的做法，鸡做得不错。

　　果然，席间，我就吃到了非常有味道的鸡。老乡就笑着说，赶紧吃，再不吃，过不了多久就又变回"艾山鸡"了……

　　王老板还在席间入了席，敬了酒，我便认识了他，一个标准厨子模样的老板。

　　这个王老板，不光有关系，还挺会来事。比如，你平时吃了饭，他不记明账，记暗账，等有公务接待时，他就把暗账加到公务账里。有时他知道你自己出钱，又不方便记暗账时，他就给你算得很便宜。每次结公账时，他还会额外送上两盒烟，等等。因此饭店生意很红火。

　　果然，正如老乡所言，好景不长，"棋山鸡"就没了棋山味，顾客就少了许多。王建国脑子也灵活，就又推陈出新，上了大锅全羊。

　　大锅全羊好整，羊是沂蒙黑山羊。在门口支起一口大锅，把羊收拾好了，全放在锅里煮，煮熟了，就是大锅全羊了。根据人的数量，从锅中往外捞肉，肉吃完了，再炖上豆腐，别有一番滋味。生意就又兴隆了一阵子。后来路斜对面新上了一家饭店，菜弄得有滋有味，就抢了他的客。再后来又听说他掺一些绵羊，或掺一些羊羔子，昧着良心赚钱了。

　　我们知道内幕，就极少去吃。这时候他爹查出了癌症，不干村支书了，办公室的张主任也提拔到外乡了，没罩着他的了，算是雪上加霜吧，建国饭店生意就大不如从前了。大伙都感觉王建国浪费了那么好的场所，怪可惜的。

　　一个无聊的中午，突然来了一个远方的同学。有朋自远方来，不亦乐乎？

　　我就领他来吃羊肉。毕竟羊肉是艾山乡，甚至整个沂蒙山区的特产吧，名声在外。点好羊肉后，我就去洗手间了，同事老何陪朋友在雅间等着。

　　羊肉端上来了，看上去不错，红红的，很鲜亮，我顿时流了涎水，我尝了尝，味道不错。同学也尝了尝，也赞道：味道不错。我们就津津有味地吃了起来，不一会儿，就吃了一头汗。休息的时候，才发现老何连筷子都没动，只是在那里干吃饼。

　　我问，老何，你怎么不吃羊肉？这羊肉不错啊！

　　老何顿了顿，说，胃不好，不想吃羊肉！

我说，那我给你点些别的菜吧！

于是喊来了王建国，王建国听后说，现在我只卖羊肉，不炒菜了。老何连忙摆手，说，吃饼也挺好……

送走了同学。我问老何，你以前不是很爱吃羊肉的吗？今天怎么一口也不吃？早知这样，咱去别的饭店炒小菜吃啊。

老何说，我说了，你可别嫌我事后诸葛亮啊！

我说，你看你，什么时候也变得婆婆妈妈的了。

老何说，中午，我从雅间的窗口看到，王建国在煮羊时擤鼻涕，一擤一大撮全擤到了羊肉锅里了，我看到了他，他没看到我……

我一听，肚子里开始翻江倒海，"哇哇"地吐了一地。

老何幸灾乐祸地说，其实，也没啥，都高温消了毒……

我立即抡起拳头准备揍他，老何还算看事，立马逃得远远的。

从这以后，我再也没有踏进这家夫妻店。

再后来，又听说，建国饭店用地沟油被食药局逮住了。一传十，十传百，饭店就关了门，过了年，就变成了一家超市。

真情告白

可是好景不长，有了八项规定，请帖就成了烫手山芋，吃了能要人命。于是，请帖突然间销声匿迹了，我的生活就极少见到请帖了。就是偶尔，见到了请帖，我也躲得远远的，唯恐避之不及！

现在，我郑重向大家宣布：谁告诉我，哪个人发明了请帖，我立即奖励提供者及发明者每人一台笔记本电脑，决不食言！

说实话，我太喜欢请帖了，是请帖让我体会到了人生的乐趣，是请帖让我知道了我存在的价值，我爱请帖，请帖是我的最爱。

如果非让我从老婆与请帖中选择一个的话，我肯定会毫不犹豫地选择——请帖。当然，说这话时，老婆大人肯定不在跟前，否则就惨了。

还是让我来说说请帖"爱人"的好处吧。

原来我的生活很枯燥，上班、下班、吃饭、睡觉是我人生的四大课题，这些课题本人已研究的滚瓜烂熟，也取得了点成就，本人有幸成为有三个编制的单位负责人，也就是在这时，我结识了请帖。单位过节了，比如土地日、干警日、环境日，只要带"日"的，就送给我一束请帖；护士节、记者节、儿童节等带"节"的，我也能拿到请帖；什么单位开业了，工程奠基剪彩了，请帖也能找到我。

我从单位的账户上拿出二百元钱，绝不会多，也绝不会少，俗话说得好，好事成双嘛。再说，多了下属会闹意见，说俺不节约，不会过日子；少了也拿不出门呀。兜里装了钱，就大摇大摆地赴约，到了现场，满桌都是水果、烟和瓜子。水果是市场上最新鲜的，烟是高档烟，瓜子是香山瓜子。茶水是喝一口，服务员就给倒一口。尽情享受一番后，四人一组学习一下五十四号文件（打扑克），等时间熬得差不多了，排排队，听听讲话，鼓个掌，仪式就完成了。然后，"轰"的一声如鸟一般飞入餐桌，天上飞的、山上跑的、水里游的、树上爬的、洞里钻的统统进肚。名酒俺都品尝过，夸张点说，天下所有酒厂的酒都与俺的肝脏打过交道。酒足饭饱，嘴里打着饱嗝，腰里夹着纪念品，打道回府。

我跟你说，不是吹，自从俺当上单位负责人以后，没买一件衣服，春夏秋冬，哪个季节都有请帖，有请帖就有纪念品，褂子、裤子、衬衣、大衣、鞋、T恤衫、羊毛衫、内衣，反正能穿的衣服都有，光此项开支据俺老婆粗略统计，就能省下不少。床上铺的，家里摆的，生活用的，一年价值也有千余元，杯子、钢笔之类就忽略不计了。若是参加竣工会、奠基会什么的，那就更加滋润了，吃喝自然不必说，还可以拿到一个价值不菲的红包。

我的体重也从原来的六十公斤一跃升到一百公斤，我的肚子也越来越像怀孕的少妇。我的酒量升到能把我吓倒，别人喝多了都往桌子底下钻，我就爬到桌子上；别人吐了，我就从嘴里喷出来，保证喷出的仍是无公害食品。每次吃完饭，俺攒的餐巾能够俺老婆用上十年！

我要特别感谢请帖，是请帖让我得了酒精肝、脂肪肝。是请帖让我的血压、血脂、血糖终于高上去了，俺也得富贵病了。我住N次医院了，也就是在住院期间，我大大地赚了一笔，据不完全统计，光收红包就乐得老婆咧开了嘴。收饮料食品若干，若干到我家的储藏室都满满的了。

当然，我深深地感受到了请帖的关怀，为了报答请帖，我要见缝插针地使用请帖，只有这样才能不辜负请帖对我的期望。每逢老爸寿辰、儿子升学、女儿出嫁，我就大肆发放请帖，不管怎么摆阔、浪费，回报总是大于付出。我要特别说明一点，一定要千方百计做单位的文章，不瞒你说，我在任期间，将单位搬了三回，装修了六回，改名改了九回，可谓是三六九，一顺百顺。一共发了十八次请帖，原来单位连工资都发不上，现在职工工资、奖金、福利，统统解决了，本人也被评为"十大杰出青年"。

一说起请帖来，我就有说不完的话，总而言之，言而总之，我爱请帖！

可是好景不长，有了八项规定，请帖就成了烫手山芋，吃了能要人命。于是，请帖突然间销声匿迹了，我的生活就极少见到请帖了。就是偶尔，见到了请帖，我也躲得远远的，唯恐避之不及！

酸枣儿

　　陈皮的姐姐就劝陈皮说，红色的酸枣儿不要摘，都是被虫子钻过的。陈皮不听，专挑红色的摘，结果吃在嘴里，一嘴虫子屎，"噗噗噗"地往外吐……

　　陈皮小时候家里穷，能吃到的水果少，地里的西红柿吃上一个，架上的黄瓜啃一根，就算是幸福了。有时候，大人从林业队里买一筐有虫眼或是有烂疤的苹果就跟过年了一样。

　　当然童年的水果还不止这些，山里的野葡萄、地里的托盘、路边的车离子也是陈皮追逐的目标。

　　当然，怎么也少不了那漫山遍野的酸枣儿。

　　那是一个金黄色的秋天，天特别蓝，云特别白，阳光很刺眼，三三两两的树叶还不时地从空中飘落下来。

　　那时，酸枣儿肚皮泛白的时候，陈皮就提前行动了，专门找红色的酸枣儿摘。陈皮的姐姐就劝陈皮说，红色的酸枣儿不要摘，都是被虫子钻过的。陈皮不听，专挑红色的摘，结果吃在嘴里，一嘴虫子屎，"噗噗噗"地往外吐……

　　在一边的姐姐就哈哈大笑，并以过来人的口吻说，虫眼枣先红，伶俐人先穷！不听老人言，吃亏在眼前了吧……现在摘就摘那些白得透亮的才好吃……

　　陈皮听后，却不以为然。

　　这时候的酸枣儿像娃娃的脸蛋，还很嫩。等再过上几日，红色的酸枣儿才是真的熟透了。

　　酸枣儿好吃，但摘的过程并不顺利。有时被荆棘扎一下，大的刺，陈皮姐姐当场就拔出来了。小的，扎得深的，得等到回家用针挑。挑的时候，陈皮歪着头，龇着牙，一副很疼的样子。有时被叶子上潜伏的索寞架子索一下，起个大疙瘩，好几天一碰到就生生地疼！陈皮的姐姐就用水和点泥巴糊在疙瘩上……

摘酸枣儿摘累了，陈皮姐姐就给陈皮出脑筋急转弯，说：吃酸枣儿时吃到一条虫子，恶心；吃到两条虫子更恶心；吃到三条虫子更更恶心！那么吃到几条虫子最恶心呢？陈皮就答，四条最恶心。陈皮的姐姐摇头。陈皮再答，无数条虫子，再摇头。陈皮再答，全是虫子，再摇头。陈皮答过多次，都不对。

最后，陈皮的姐姐揭开谜底，半条虫子。陈皮听后，恍然大悟，顿时口服心服……

不知不觉中，天就黑了下来。

酸枣儿摘回家，能吃上好几天。吃完的核单独收起来，卖给来收的小贩子，能卖个好价钱，可以补贴家用或是买点学习用品。有时吃不了，还要放在酒瓶子里，倒上些酒，醉起来，等过年熬夜时再吃，仍然有"新鲜"的味道。

后来，酸枣儿成了抢手货，陈庄里的闲人都在打酸枣儿卖钱，还有人不是摘酸枣儿和打酸枣儿，而是把酸枣儿树用镰刀割倒，堆成一堆，用棒子打，然后再用簸箕筛出来，割过的酸枣儿树收集起来，用作果园菜园的保护"墙"。所以顺道或是临近处都没有酸枣了，陈皮只能到远处或是危险处才能摘到又大又红的酸枣儿。这时陈皮的姐姐就跟不上趟了，远远地追在后面，不时地大喊，不要去，不要去！

陈皮是越说越逞强，根本不听劝。

酸枣儿总的来说是酸的，但也有偏甜的。那一次为了摘到又大又甜的酸枣儿，陈皮不顾危险跑到了山崖处，正摘得忘形，一不小心，从崖上滚了下来，鼻子碰到石头上，鲜血直流。陈皮的姐姐抱起陈皮就回村去包扎。因陈皮平躺着，血流得满脸都是。陈皮的父亲看到满脸是血的儿子，担心伤到眼睛了，吓坏了，逮住陈皮的姐姐狠狠地揍了一顿。陈皮虽然疼，但看到霸道的姐姐被打了，心里还暗暗得意呢！

经过村里医生简单包扎，才知道陈皮只是鼻子边碰破了，别的地方安然无恙，大人们也就放心了，就没有再追究陈皮姐姐的过失……

这件事已过去快三十年了，陈皮每每想起时，总带一丝愧疚。

　　一个偶然的机会，陈皮和姐姐再一次一起摘酸枣儿，这一次，身边还跟着孩子。陈皮说起了这段往事。陈皮的姐姐听后，想了半天，说，不记得有这么一回事了。

　　陈皮说，你看我鼻子上的疤痕还在呢！

　　陈皮的姐姐说，这疤痕不是在摘酸枣儿时留下的。陈皮就追问，那是什么时候磕破的？

　　陈皮的姐姐说，你这疤痕是在爬树偷鸟蛋时摔的！那次是父亲打我打得最厉害的一次。你小时候太调皮了，摔、磕、碰过无数次，父亲每次都是不问青红皂白就打我，我被打了无数次。

　　这时，在一旁的外甥女说，妈妈，你跟姥爷一样，每次弟弟一哭，你啥也不问就教训我打我！

　　陈皮和姐姐听后，都沉默了……

　　路边，酸枣儿树上的酸枣儿密密麻麻的，红红的像灯笼一样，分外耀眼……

胡站轶事

这是一组乡村轶事，有关胡站的，一位故意"玩深沉"的家伙，他身上有许多故事。

胡站是乡里农经站站长，姓胡，"胡站"是他的昵称。胡站貌不惊人，但语惊人。他业务特棒，干了三十多年会计了，没出一回差错，快退休了才当上站长。在乡里，你只要看见一位故意"玩深沉"的家伙，说话又很菜的，那就是他了。

刚 走

国土所小陈与农经站小李是同窗好友。

一日，小陈到农经站约小李去打篮球，一进门，发现站里只有胡站一人。胡站板着脸，好像有不开心的事。小陈想知趣地、安静地走开，可那样又不礼貌，只好随口问道："小李呢？"

"回家了，刚走，这会儿可能出去20里路了。"

小陈差点没被噎死。

是谁在说话

胡站在站内一向严肃。他私下对人说，我不板起脸来，这些年轻的小伙子、大姑娘学历都比我高，思想都比我深，我慑不住他们。

一日，农经站全体人员都在，小青年们守着胡站个个都不敢出声，都各忙各的，整个屋里静得连苍蝇的嗡嗡声都能听到。突然，不知谁放了一个响屁。

胡站随口就说道："是谁在说话？"说完了才发现场合不对。

大约憋了一分钟，全体人员笑得前仰后合。

转　折

农经站装了宽带网以后，胡站也成了恋网者。

几个老同志搓麻三缺一时，总是在微机室里，找到正在上网的胡站，胡站正在《石器时代》劳动呢，老虎的叫声响个不停。三人轮番上阵，劝说了半天，胡站才正式表态：

"打死也不去赌博！"

众人皆灰心。

突然，胡站又说："只要打不死，就去！"

诗　评

乡里老崔爱好文学，经常在众人面前卖弄。

一日，老崔说，昨晚，我孙女写了一首绝妙的诗：

妈妈是一杯酒，

爸爸只喝了一口，

就醉了。

众人皆夸是好诗。胡站冷不丁的说："俺老婆是一瓶酒，我喝了一辈子，到现在才知道是劣质酒！"

歧　义

农经站年终被评为先进集体，胡站带全体人员到青岛海滨游玩，以示庆贺。

中午，在海边一海鲜酒楼就餐，众人压抑不住心中的喜悦，推杯换盏，喝了个痛快。

临近吃饭，赵副站长对小李说道："小李，要饭去，咱吃饭！"

胡站一本正经地说："小赵，你就是个'要饭'的命，'要饭'是乞丐用语，你就不会说'拿饭'吗？"

老 毕

　　没有发横财的老毕却成了名人，老毕的事迹登了报纸，上了电视，成了人们茶余饭后的谈资。可是从此，老毕的幸福生活就开始急剧下降，很难再捡到"宝贝"了。

　　毕家庄的老毕是个捡破烂的，老毕不光捡破烂，还清理小区垃圾。其实清理垃圾才是他的主业，但老毕却把捡破烂当成了主业。

　　老毕清理垃圾之前，是县水泥厂的工人，说他是水泥厂的工人又不大准确，他早就办了停薪留职，自己开拖拉机卖水泥。卖水泥赚一份钱，送水泥又赚一份钱，装卸工不跟着，老毕又赚一份装卸的钱。老毕喜欢猪头肉，也喜欢喝酒，更喜欢辣椒。累了，买上2斤猪头肉，用辣椒一炒，就是可口的酒肴。老毕喜欢喝酒，但绝不喝醉，喝得恰到好处，喝到位了，谁劝怎么劝都无济于事，这样，既解乏又不耽误开拖拉机，还得过了老婆关。老毕老婆是毕家庄的，但不姓毕，而是姓邹，叫邹光花，无正式工作，在家务农，无工作的邹光花却压了老毕大半辈子。

　　老邹在毕家庄论长相是数一数二的，而老毕的长相也是数一数二的，但是倒数，老毕娶老邹可以说是癞蛤蟆吃天鹅肉。老毕的岳母有三个女儿四个儿子，穷怕了，三个女儿找的对象全是当时最吃香的工人。本来老毕的老婆是可以到县织布厂当工人的，事还没定下来，老毕得到了信息，找到毕家庄村队长，威胁道："你要是让邹光花当了工人，我打了光棍，我就搬到你家过！"于是邹光花没当成工人，成了老毕的媳妇。当然这也为以后打仗埋下了伏笔。

　　按理说，老毕经济条件比邹光花好，邹光花长相比老毕好，算是平衡的。理论说得好，经济基础决定上层建筑，邹光花无工作，老毕应占优势的，但事实是

邹光花处处压老毕一头。邹光花脾气大，一言不合就动手打老毕，老毕怜香惜玉，就让着她，所以被欺侮了大半辈子。

老毕在毕家庄是头一个买上大彩电的，全村人都到老毕家看过电视。老毕还是毕家庄第一个在城里买房的，与局级干部待遇持平。现在房价已经翻了好几番。

俗话说得好，马不吃夜草不肥。卖水泥的老毕与水泥厂的装卸工混熟了，隔三岔五吃个猪头肉，所以每次装水泥就多装上个三五袋，门卫也不过秤也不点数，就能拉出厂。老毕将水泥换成钱，分给装卸工或请他们吃猪头肉。

事上没有不透风的墙，终于东窗事发，老毕就又上起了班，上了班才发现活累钱少。终于又熬了两年，办了退休，准备大干一场时，因政策原因，水泥厂却关停了。

没事干的老毕就找活干，因会开拖拉机，就到小区打扫垃圾。打扫垃圾的是老毕的一个酒友，周家庄的老周，老周承包了垃圾清理。老毕开车老周站车，两人将每座楼前的垃圾桶集中到垃圾站，然后垃圾处理厂来垃圾站运垃圾。

老毕打扫垃圾的小区在小县城算是高档小区，小区环境好，中间有个湖，湖周围是别墅区，别墅外是普通楼房，小区住着的非官即富，所以就有许多可以卖的垃圾。老周是退休干部，矜持，不屑弄这个，所以老毕就有了外财。老毕卖的破烂钱比老周给他开的工资还高，还时不时地捡到宝贝，比如快过期的烟、酒、食品、器具等，老毕不嫌脏仍吃仍用。有这么多好处，老毕就本末倒置，把拾荒当成了主业。

其实在老毕之前，还有捡破烂的。小区打扫卫生的阿姨先捡一遍楼道和外露破烂，小区的年长者每天晚上或凌晨打着手电再捡一遍，都捡得差不多了，剩下的才是老毕的。因为老毕是彻底地倒垃圾，所以收获颇丰。

时间久了，老毕发现一个规律，就是有几座楼，经常有意外惊喜，比如高档月饼、茶叶、香烟，还有海参等海产品。如捡到了这些宝贝，老周就不矜持了，就跟老毕抢，老毕也实在，分一些给老周。

后来，老毕干脆忙完了，就去那几个"贵箱"盯着，果然收获更多。终于在一个黄昏，老毕捡到了几包海参和一些银行卡，海参虽看着不新鲜但还能吃，银行卡背面都写着密码。老毕觉得这些卡既然扔在那，说明人家已经把钱都取出来了，所以就没把卡当回事，随手扔在了家里。

一天中午，与老周吃饭，老周点了羊肉汤，猪头肉，要了十几个小饼，老毕和老周吃了一头汗。老周不喝酒，老毕要了一瓶二锅头，喝了半瓶，因平时喝低度酒，这次喝的是高度，老毕就有点晕，有点晕的老毕就跟老周说起，他捡了一些银行卡。说者无意听者有心，老周就推测，说不定卡里有钱呢，最近省巡视组正在县里住着呢。老毕捡卡的那座楼是县里的头头住在那里，这就有了想象空间。老毕被老周的话惊了一下，酒醒了大半，就有了私心，说："我到 ATM 机上查过了没有钱。"

即使这样，这事一夜之间传的满城风雨了。第二天就有人找到了老毕，要那些银行卡，老毕老实就交了出来，结果县长就出事了。后来听说那些卡里有几百万，老毕听了就后悔了，那些钱就他们一家共几辈子的了，顶他捡多少垃圾啊。老毕老婆这回没跟老毕闹，说："不义之财不能得。"

没有发横财的老毕却成了名人，拾荒的老人打倒了县长，老毕的事迹登了报纸，上了电视，成了人们茶余饭后的谈资。

从此，老毕的幸福生活就开始急剧下降，很难再捡到"宝贝"了。

拆

王五一见人就说，做人要知足常乐，不能攀比，比上不足比下有余对吧？不能被别人绑架着生活，到了这年龄了都得想开！

王五一家的外墙上写有一个醒目的"拆"字。

字是用红漆写的，写得并不艺术，字的周围画了一个圈，很像清兵身上的"兵"或"勇"。

王五一凭借这个像"兵"或"勇"一样的字，顺利地娶上了媳妇。

王五一并不是一个正常的人，腿天生就瘸，一只脚从娘肚子里出来就跟老大娘裹过的脚一样，幸好另一只脚还算正常。长大以后，凭借一只半脚，勉强能走。更多的时候，人们看到的是推着自行车走的王五一，但人们从未见到骑自行车的王五一，自行车只是他的半只脚。

脚不利索不说，长得还磕碜。黑脸，塌鼻子，大嘴，天生一双忧郁的眼，总是一副睡眼惺忪的样子。就是这样的一个人，凭借墙上的"拆"字找了一个如花似玉的大闺女。

不明就里的人就会感叹，眼里长了密虫子，找这么一个对象，鲜花插在了牛粪上啊，可惜了啊。有些小伙子羡慕生嫉妒，纷纷指着王五一的后背说，真是癞蛤蟆吃上天鹅肉了！或者说，一棵好白菜被猪拱了……

但是在这个宁愿在宝马车里哭也不愿在自行车上笑的时代里，眼里长密虫子的人还真不在少数。

当初相亲时，没有一个相中王五一的。那时墙上还没有写"拆"字。王五一所在的村虽是城郊村，但根本就没有改造的意向，村子四周全是高楼大厦，只有一个洞口通向外围。房子是平房，没有院子只有走廊，一间间隔开的小房子，房子里租住的便是附近酒店里的服务员。冬天没有暖气，还是烧炉子取暖。

王五一找不上对象，他的父母就愁得茶饭不思。万般无奈之下，不惜花重金请高人指点迷津。高人说："几块钱就能办好！"于是王五一的父亲就买了那种灌装的喷漆，用晚上的时间，在家家户户的墙上喷上了"拆"字。果然第二天就有鱼上钩，王五一就跟如花似玉的大闺女定了亲，接着快刀斩乱麻就结了婚。

王五一就生米做成了熟饭。一年后，孩子呱呱坠地。妻子就整天抱着孩子在街上逛荡。这才知道"拆"字是公公所为。后悔也只能这样了，只好逆来顺受，好在还有房租维持生计。

再说还有房子存在，只要一拆就是几套楼房，上百万呢。

可是，媳妇熬成婆婆了，房子仍没有拆。

转眼王五一的儿子也到了谈婚论嫁的年龄。孩子是好孩子，有胳膊有腿，人长得又帅气，可是缘分迟迟不来。王五一媳妇就故伎重施，让王五一买了漆重新涂一遍。让儿子与"拆"字来了个合影，发到网上征婚。

一开始效果很好，很多上门的、很多打听的。可是人们都知道，那个地方，脏乱差，交通不便，一时半会根本拆不到。找对象的事就慢慢地归于平寂了。

就在王五一绝望的时候，村里出了公告，要拆迁，在山下沂河南岸建楼房！接着儿子就顺利地找上了媳妇。

王五一见人就说，做人要知足常乐，不能攀比，比上不足比下有余对吧？不能被别人绑架着生活，到了这年龄了都得想开！来人就问，师傅，你心态真好，真羡慕你！王五一说，不行，我以前也不行，执拗，九头牛拉不回来，咋也想不开，这不拆迁了吗，分了三套房，才想开了！

当兵的人

　　陆铁环经常说的一句话："咱是当过兵的人，是老百姓的孩子，对老百姓的事来不得半点马虎，行就行，不行就不行，直截了当，不藏着掖着。"

　　在铁角镇，一提起陆铁环，可以说无人不知无人不晓，他是铁角镇国土资源所的所长。

　　陆铁环是一名老党员，扛过枪，带过兵，转业后在月庄镇开过几年小车，后来担任月庄镇国土资源所所长。北京召开奥运会那一年，乡镇国土资源所上挂县里以后，因为他基层工作经验丰富，具备驾驭复杂情况的能力，县里就把陆铁环派到了铁角镇国土资源所干所长。

　　铁角镇是个重镇，村多，地广，人杂。同时，铁角镇还是一个养殖大镇，养殖房遍地开花。前几年，乱搭乱建、私采滥挖等违法活动很猖獗，又加上群众来信来访多，国土资源管理工作比较复杂，先后有多名负责人出了问题。

　　陆铁环调到铁角国土资源所后，大刀阔斧地进行改革，对镇上违法情况进行了摸底，共摸排了十八处影响坏、性质恶劣的违法占地，准备拆除。

　　这样就把铁角国土资源所所长陆铁环推到了风口浪尖。铁角镇是个风水宝地，地杰人灵，出了很多能人，由此许多违法户找门子托关系找陆铁环说情。

　　陆铁环坚持原则，敢于向歪风邪气说不，坚持"一刀切"。沙沟村有一名养殖户曾找关系找到了省纪委，省纪委个别同志旁敲侧击向他施加压力。陆铁环回复说："当过兵的人，死都不怕还怕说情？"

　　铁角大酒店经理周杰因私自圈了院墙也被列入了拆除，他的几个子女到处找人说情，陆铁环不为所动。还有两个村的支部书记盖的房子也违了法，他们联合起来向铁角镇政府逼宫，以此为要挟，拆了房子就不干村干部了，等等，不一而足。

陆铁环不畏惧，顽强应战，反而以他们为突破口，先拆这些有关系的，先拆这些找得急的。其他违法户看到这些人都拆除了，自己就乖乖地把房子拆了。十八处违法占地一个不留，全部拆除了。

到了年底，县乡人大代表对各单位进行评议，结果出来后，镇人大主席栾尚军找到陆铁环说："铁环，你工作是怎么干的，怎么出了这么一个成绩啊？"陆铁环说："成绩不好，在我意料之中，我当过兵，脾气直来直去，干的是拆房子扒屋得罪人的活，评议不好，还请领导谅解。"栾主席笑着说："你们所考核全镇第一名！"陆铁环不相信，说："倒数第一吧！没想到评议这么差啊！"

无奈，栾主席只好把评议结果拿出来，陆铁环这才知道，真是全镇第一。往年前几名都是国税地税等部门，国土资源所都是排名靠后的。陆铁环望着评议表，眼里滚出了两行热泪……

从此以后，铁角国土资源所连续被县乡人大代表评议为全镇第一。

陆铁环经常说的一句话："咱是当过兵的人，是老百姓的孩子，对老百姓的事来不得半点马虎，行就行，不行就不行，直截了当，不藏着掖着。"

陆铁环是这样说的也是这样做的，每当老百姓来所里办事，符合条件的直接告诉他按程序办理。不符合要求的，做好解释工作，告诉人家"不行""办不了"，让人家别再想法。

草埠村党支部书记李新学说："陆铁环所长，我服气，像一个当过兵的人，退伍不褪色，雷厉风行，敢说敢当！我违法了，房子被他们拆除了，损失也不小，但我一点也不怨恨他！"

听了李书记这番话，我才知道铁角所年年被评议为全镇第一的原因了。

杂粮煎饼

因为卖杂粮煎饼的一直在，陆续就又来了几个卖东西的。渐渐地越来越多，马上要恢复先前的模样……终于在量变到质变后，再次惊动了城管。

小城的东郊新建了一所学校，九年一贯制。

原来十分荒凉的地段一下子就热闹了起来。

先是围着学校建起一座座高楼，原来路上稀稀疏疏的人和车，一到放学顿时堵得水泄不通：调头的、乱穿马路的、打死不相让的、挤在路上的……

而在路的非机动车道上，挤满了卖东西的，有卖文具的、卖零食的、卖饮料的、卖台湾烤肠的，也有卖里脊火烧的。肉夹馍、凉皮、煎饼果子、烤红薯、糖葫芦，不一而足，简直成了美食一条街。

放学的学生在美食街上穿梭，手里拿着零食，一边走一边吃，看上去十分受用的样子；也有的同学三五成群地走过，共同分享一支雪糕，互不嫌脏；也有的家长接孩子，等孩子，百无聊赖的，就买些吃食，煞是热闹。

因为学校是新建的，又在市郊，城管还没有管到这里，反而造就了这里的繁华。

王五一每天接上孩子，在令人垂涎欲滴的美食里穿行，孩子就嚷着要吃这个吃那个。孩子说，校园门口十大名吃还没有吃全。

什么名吃？根本就是垃圾食品！一提到这些，王五一就厌恶，就深恶痛绝。学校路段拥堵，卖东西的功不可没。

终于有好事者招来了城管，经过几天地围追堵截，美食街被扼杀在萌芽之中。

王五一走在宽敞的马路上，反而有点失落。突然想起家中没饭，想去买点馒头，到馒头摊点，才发现空空如也，这才想起，市场已被城管取缔了。

美食街上只剩下一个卖杂粮煎饼的。杂粮煎饼是一辆便当车，招牌是"周记"杂粮煎饼。做煎饼的是一位中年妇女，十分娴熟。

她先是用勺子舀上一勺玉米小米等杂粮糊，一下子摊在鏊子上，用光滑的木片把面糊摊开，刮平，刮薄，另一只手打开一个鸡蛋，再摊开，撒上炸肉、咸菜粒和葱末，放上脆饼，再放上一片莴苣叶。喜欢吃辣的用刷子摸上辣椒酱，喜欢吃辣条的，放上点辣条，喜欢火腿的，夹一根火腿，翻过来涂上甜面酱，一卷，用刀从中间切开，拿一印有"周记杂粮煎饼"的袋子一装，就可以吃了。

带走的，再用塑料袋一装。起步价五元，钱正好的，扔在旁边的纸盒子里。钱不正好的，自己找零。也有时髦的，掏出手机，对准车子上的二维码一扫，电子支付了。她一边做一边说，辣椒酱是自己做的，炸肉是昨晚上现炸的，生意十分火爆。

王五一就站在旁边看，时间久了，妇女见王五一来了就打声招呼。王五一就夸，生意真好，一天赚多少啊。妇女就说，挣不了多少，整天被城管撵着跑，勉强糊口，图个接孩子方便。这才发现旁边石凳上有一个孩子正趴在那里写作业。

王五一问，家是哪里的？答，艾山乡的。再问，哪个村的？再答，月庄村的。王五一说，我在艾山待了十年。四眼再一对，两人关系就又拉近了一层。王五一盯着"周记"的招牌问，你姓周？妇女说，我姓王，周记是我加盟的品牌，花了一万块钱！王五一又笑，咱俩是一家人。王五一就掏钱买了两个煎饼，一个留给儿子，一个尝尝什么味。王大姐多放了一些炸肉。王五一一尝，味道不错，怪不得那么多人买。

因为卖杂粮煎饼的一直在，陆续就又来了几个卖东西的，渐渐地越来越多，马上要恢复先前的模样……终于在量变到质变后，再次惊动了城管。这次城管也下了决心，彻底清理了马路市场，凡是没有店铺的，一律清理，杂粮煎饼就再次被取缔了。接送孩子时，想买点吃的，有钱也买不到了。

忽一日，在学校旁边的汽修厂的院子里，再次见到了王大姐。王五一跟她打招呼说，到这里边卖了啊，挺会找地方的！王大姐点点头，压低声音说，一天给汽修厂二十元钱摊子费呢。王五一拿眼数了数摊子，光这一项收入就不低。不禁暗暗佩服汽修厂老板会做生意。王五一说，总比不让干还强点。王大姐苦笑着点

头默认。

　　再一日，王五一想吃杂粮煎饼了，遂到汽修厂院子里买，却发现这里也被清的干干净净的了。王五一怅然若失。

　　王五一再也没有见到王大姐和她的杂粮煎饼摊。

从生活中寻找灵感（后记）

　　我喜欢文字，时常信笔涂鸦，虽写不出惊世的长篇大作，却不时有"豆腐块"见诸报端和杂志，却也其乐融融。在文化圈我算作无名小卒，而在我的周围，别人却称我为"作家"或"文人"。每逢他人吹捧我为"作家"时，我不置可否，只有微微一笑，这个问题没有争辩的价值。

　　当然在我的心里，我是把自己与他人区分开来的。毕竟我能提笔作文，也有不菲的稿费收入。同样，别人会在心里说，整天鼓捣文字，不去捉摸挣钱花，捞官做，神经兮兮的，有病啊。

　　名作家们都说，写作要耐得住寂寞，要敢于面壁。面壁不仅指饱读诗书，也包括思考、推敲、想象等等。著名作家凌鼎年说，读书其实就像是蚕在吃桑叶，而创作就是蚕在吐丝。吸进的东西不同，吐出的东西也就不同。没有长年累月的阅读，就没有"下笔如有神"的境界；没有扎实的文字功底，写出来的东西就经不住岁月的侵蚀。话又说回来，文学扎根现实这块土地，实践是创作的源头活水。有时候创作灵感来源于生活，一桌饭局、一次座谈、一次会议、一次唠嗑，说不定就能引出精彩的作品来。同样在很多时候，我们在阅读作品时就会发现，作者所写的，自己心中也有，作者写出来发表了，引起了自己的共鸣。这时就想，我怎么没有把它写出来呢，于是捶胸顿足，懊悔不已。

　　搞文字创作是枯燥的，这是切身体会。也许你会失去与人闲侃的机会，也许你体会不到打牌搓麻的乐趣，你更忍受不了那种"生命在于浪费"的谬论，在KTV的包间里更是如坐针毡，愚昧与世俗是你的天敌。或许，只有坐下来打开一

本书，哪怕是一本闲书，那就是一种快乐，一种汲取，一种磨炼，也是另一种意义上的修炼。古人云：开卷有益。古圣先贤告诫我们读书"何妨粟有秕，惟箕簸之精"，无非是要我们读而有思，思而有择，也即"取其精华，去其糟粕"之意。即便是本闲书，就一无是处了吗？说不定它的文字还很有特点呢！也说不定它的布局也不赖呢！

当初爱上小小说是因为它短，容易捕捉素材，容易成篇，也容易出名。一开始我也像许多人一样，是照猫画虎仿写的，也写了一些稚嫩与粗糙之作；后来写多了才发现，事情并没有那么简单，写出小小说容易，但写出成功出彩之作难，写出经典佳作更是难上加难。有时候，突然想到一个素材，赶紧拿出手机写进备忘录，不然因为忙于其他，却再也想不起来是什么素材了。静下来的时候，再按手机上的信息动笔，不管好不好，先写下来再说。放在一边，过上一段时间，再修改一下，直到修改不动了，就算写成了一篇小小说。投给报刊，负责任的编辑会帮你修改，这时往往是作品得到升华的必要步骤。也有时候，一些人和事一直在脑子里盘旋，想写却一直没有动笔，突然有一天，他们会集中地跳出来，一气呵成。这样写成的小小说，修改都无从下手。

当然有很多东西写出来了，却没有发表价值，只能束之高阁了。这样下去几年，一不小心再看到那些废稿，却发现亮点也不少，修改一下，完善一下，又是一篇满意之作。